只求
凡人的幸福

冰心 / 著

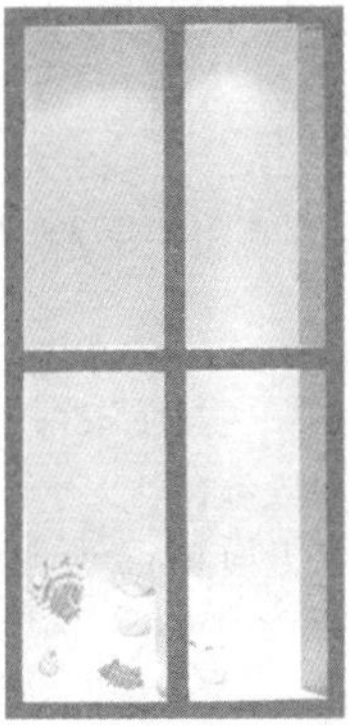

时代出版传媒股份有限公司
北 京 时 代 华 文 书 局

图书在版编目（CIP）数据

只求凡人的幸福 / 冰心著. -- 北京：北京时代华文书局，2014.8
ISBN 978-7-80769-842-5

Ⅰ. ①只… Ⅱ. ①冰… Ⅲ. ①散文集－中国－当代 Ⅳ. ①I266

中国版本图书馆CIP数据核字(2014)第200721号

只求凡人的幸福

著　　者 | 冰　心

出 版 人 | 田海明　朱智润
责任编辑 | 梁　静
策划编辑 | 张　立
装帧设计 | 李彦生
营销推广 | 周莹莹

出版发行 | 时代出版传媒股份有限公司　http://www.press-mart.com
北京时代华文书局 http://www.bjsdsj.com.cn
北京市东城区安定门外大街136号皇城国际大厦A座8楼
邮编：100011　电话：010-84829728
印　　刷 | 北京艺堂印刷有限公司　010-61539678
（如发现印装质量问题，请与印刷厂联系调换）
开　　本 | 880×1230mm　1/32
印　　张 | 8
字　　数 | 153千字
版　　次 | 2014年11月第1版　2014年11月第1次印刷
书　　号 | ISBN 978-7-80769-842-5

定　　价 | 29.80元

目录
CONTENTS

I 我们是凡人，只求凡人的幸福

II 青春活泼的心，绝不作悲哀的留滞

III 只有我们自己是真实的

Ⅳ 生命是有趣的，我却也已满足

V 尽思量不若不思量

VI 我最尊重体贴的那些女人们

Ⅶ 有了爱就有了一切

I

我们是凡人，只求凡人的幸福

只有女人知道女人的心，虽然我晓得，
只有女人的话，你不爱听。

话说“相思”

我在美国威尔斯利女子大学研究院读硕士学位时，论文的题目是《李清照词英译》。导师是研究院教授L夫人。我们约定每星期五下午到她家吃茶。事前我把《漱玉词》一首译成英文散文，然后她和我推敲着译成诗句。我们一边吃着茶点，一边谈笑，都觉得这种讨论是个享受。

有一次——时间大约是一九二五年岁暮吧——在谈诗中间，她忽然问我：“你写过情诗没有？”我不好意思地说：“我刚写了一首，题目叫作‘相思’”：

避开相思，
披上裘儿，
走出灯明人静的屋子。

小径里冷月相窥，

枯枝——

在雪地上

又纵横地写遍了相思！

12月12日夜，1925

我还把汉字“相思”两字写给她看，因为“相”字旁的“目”字和“思”字上面的“田”字，都是横平竖直的，所以雪地上的枯枝会构成“相思”两字。她笑了，说是“很有意思，若是用弯弯曲曲的英文字母，就写不出来了”！

她只笑着，却没有追问我写这首诗的背景。那时威大的舍监和同宿舍的同学，都从每天的来信里知道我有个“男朋友”了。那年暑假，我同文藻在绮色佳[①]大学补习法文时，还在谈着恋爱！十二月十二日夜，我得到文藻一封充满着怀念之情的信，觉得在孤寂的宿舍屋里念不下书了，我就披上大衣，走下楼去，想到图书馆人多的地方，不料在楼外的雪地上却看见满地上都写着“相思”两字！结果，我在图书馆里也没念成书，却写出了这一首诗。但除了对我的导师外，别的人都没有看过，包括文藻在内！

① 又译为伊萨卡。

“相思”两字在中国，尤其在诗词里是常见的字眼。唐诗中的“情人怨遥夜，竟夕起相思”、“愿君多采撷，此物最相思”，唐代的李商隐无可奈何地说“直道相思了无益”，清代的梁任公[①]先生却执拗地说“不因无益废相思”。此外，还有写不完、道不尽的相思诗句，不但常用于情人朋友之间，还有用于讽刺时事的，这里就不提它了。

说到这里，我想起一段笑话：一九二六年，我回到母校燕京大学，教一年级国文课。这班里多是教务处特地编到我班里来的福建、广东的男女学生，为了教好他们的普通话，为了要他们学会“咬”准字音，我有时还特意找些“绕口令”，让他们学着念。有一次就挑了半阕词，记得是咏什么鸟的：

金埒远，玉塘稀，
天空海阔几时归？
相离只晓相思死，
那识相思未死时！

这“相思死”和“未死时”几个字，十分拗口，那些学生们绕不过口来，只听见满堂的“嘶，嘶，嘶”和一片笑声！

① 指梁启超。

不久，有一天，一位女同事（我记得是生物系的助教江先群，她的未婚夫是李汝祺[1]先生，也是清华的学生，比文藻高两班，那时他也在美国）悄悄地笑问我：“听说你在班里尽教学生一些香艳的诗曲，是不是你自己也在想念海外的那个人了？”我想她指的一定是我教学生念的那两句有关“相思”的词句。我一边辩解着，却也不禁脸红起来。

① 李汝祺（1895—1991），中国著名的遗传学家。

下雨

早起凭窗外望，看见院里小路上的行人，都打着伞，是在下小雨了。

昨夜是农历七月七夕，是牛郎和织女双星聚会之夜。中国民间传说，七月八日下的雨，是牛郎和织女惜别的泪水。

猛然忆起一首诗，也不知是哪一朝代，哪一位旷男怨女写的：

何须泪雨洒滂沱，
转瞬明宵又渡河。
十二万年年一会，
人间那有此多期？

“转瞬明宵”也是根据民间传说：人间一年，只是天上的一日。

但仰观天象，牛、女双星，明明是在三百六十天中，七月七夕这一天走得最近！

这日子真不知如何算法！

又想起一首诗

夜半，秋风吹得窗帘簌簌地响，引我想起忘了从哪一本书上看过的一首诗。这位诗人似乎姓温[①]，也不知道是哪一个朝代的。诗云：

秋风吹老洞庭波，
一夜湘君白发多。
睡里不知舟在水，
满床清梦压星河。

“满床清梦压星河”，这句妙极！“满床清梦”形容梦中情事的丰满，“压星河”是说这丰满沉重的梦，“压”了天上星河在水中的倒影！

① 指的是元末明初诗人唐温如。

说到诗，我总是“不薄今人爱古人”。因为今人的诗无论多好，但没有一首能使我在半夜醒来，一字不错地背下来的。这当然和我自幼养成的“吟诗”习惯有关。

我和玫瑰花

我和玫瑰花接触，是从青年时代开始的。

记得在童年时代，在烟台父亲的花园里，只看到有江西腊梅、秋海棠和菊花等等。在福州祖父的花园里，看到的尽是莲花和兰花。兰花有一种清香，但很娇贵，剪花时要用竹剪子；还很怕蚂蚁，花盆架子的四条腿子，还得垫上四只水杯，阻止蚂蚁爬上去；用的肥料，是浸过黑豆的臭水。

差不多与此同时，我就开始看《红楼梦》，看到小厮兴儿对尤三姐形容探春，形容得很传神的句子，他说："三姑娘的混名儿叫'玫瑰花儿'，又红又香，无人不爱，只是有刺扎手……"我就对这种既浓艳又有风骨的花，十分向往，但我那时还没有具体领略到她的色香，和那尖锐的刺。

直到一九一八年的秋季，我进了大学，那时协和女大的校址，是在北京灯市口佟府夹道（后改同福夹道）。这本是清朝佟王的府邸，女大的大礼堂就是这王府的大厅堂三间打通改成的。厅前的台阶很高，走廊也很长，廊前台阶两旁就种着一行猩红的玫瑰。这玫瑰真是“又红又香，无人不爱”，而且花朵也大到像一只碟子！我们同学们都爱摘下一朵含苞的花蕊，插在鬓上。当然我们在攀摘时也很小心花枝上的尖刺。记得我还写了一首诗，叫作《玫瑰的荫下》。因为那一行玫瑰的确又高又大，枝叶浓密，我们总喜欢坐在花下草地上，在香气氤氲中读书。

等到我出国后，在美国或欧洲，到处都可以看到品种繁多的玫瑰，而且玫瑰的身价，也可与我们的梅、兰、竹、菊相比！玫瑰园之多，到处都是，在印度的泰姬陵，我就惊喜地参观了陵畔五色缤纷、香气四溢的玫瑰园。

一九二九年以后，我自己有了家，便在我家廊前，种了两行德国种的白玫瑰，花也开得很大，而且不断地开花，从阴历的三月三，一直开到九月九，使得我家的花瓶里，繁花不断。我不但自己享受，也把它送给朋友，或是在校医院里养病的学生。

抗战军兴，我离开了北京。从此，东迁西移，没有一定的住址，也更没有栽花的心绪。一九四一至一九四五年之间，我在重庆歌乐山下，倒是买了一幢土房，没有围墙，四周有点空地。但那时蔬菜紧张，我只在山坡上种些瓜菜之类，我记得有一年夏天，我们光吃南瓜下饭，就吃了三个月！

解放后回国来，有了自己的宿舍了，但是我们住的单元，是在楼上，没有土地，而我的幸运也因之而来！在我们楼下，有两家年轻人，都是业余的玫瑰花爱好者，花圃里栽满了各种各色的玫瑰。这几位年轻人，知道我也喜欢，就在他们清晨整理花圃的时候，给我送上来一把一把的鲜艳的带着朝露的玫瑰——他们几乎是轮流地给我送花，我在医院时也不例外，从春天开的第一朵直到秋后开的末一朵——每天早起，我还在梳洗的时候，只要听到轻轻的叩门声，我的喜悦就像泉水似的涌溢了出来……

繁星（节选）

一

人类呵！
相爱罢，
我们都是长行的旅客，
向着同一的归宿。

二

我的心，
孤舟似的，
穿过了起伏不定的时间的海。

三

幸福的花枝，

在命运的神的手里；

寻觅着要付与完全的人。

四

生离——

是朦胧的月日，

死别——

是憔悴的落花。

五

玫瑰花的刺，

是攀摘的人的嗔恨。

是她自己的慰乐。

玫瑰的荫下

衣裳上，
书页上，
都闪烁着
叶底细碎的朝阳。

我折下一朵来，
等着——等着，
浓红的花瓣，
正好衬她雪白的衣裳。

冰凉的石阶上，
坐着——坐着，
等她不来，
只闻见手里
玫瑰的幽香！

说梦

我从一九八〇年秋天得病后，不良于行，已有六年之久不参加社会活动了，但我几乎每夜都做着极其欢快而绚丽的梦。我会见了已故或久别的亲朋，我漫游了五洲四海的奇境。白天，我的躯壳困居在小楼里，枯坐在书案前；夜晚中，我的梦魂却飘飘然到处遨游，补偿了我白天的寂寞。

这些好梦要归功于我每天收到的、相识或不相识的海内外朋友的来信和赠书，以及种种的中外日报月刊。这些书信和刊物，内容纷纭繁杂，包罗万象，于是我脑海中这千百朵飞溅的浪花，在夜里就交织重叠地呈现出神妙而奇丽的画面！

我梦见我的父母亲和我谈话，这背景不是童年久住的北京中剪子巷，而似乎是在泰山顶上的南天门。母亲仍旧微笑着，父亲拍我的肩头，指点我看半山茫茫的云海和潺潺的飞泉。

我梦见在美国的母校慰冰湖上，轻轻地一篙点开，小船就荡出好远，却听见背后湖岸上有美国同学呼唤："中国有信来了，快回来看吧！"

我梦见在日本东京一排高楼中间，凹进一处的、静雅的"福田家"小餐馆里，在洁无纤尘的地席上与日本朋友们围坐在一张矮几边，一边饮着清淡的白酒，一边吃着我特别欣赏的辛辣的生鱼片。

我梦见我独自站在法国巴黎罗浮宫的台阶上，眼前圆圆大花坛里分片栽着的红、紫、黄、白的郁金香，四色交辉，流光溢彩！从那里，我又走到香舍丽榭大街的咖啡座上，静静地看着过往的穿着淡青色和浅黄色春装的俏雅女郎。

我梦见我从意大利罗马的博物院里出来，走到转弯抹角都是流泉的石板路上，又进到一座壮丽的大教堂里，肃立在人群后面，静听坚实清脆的圣诗歌咏队的童音。

我梦见在高空的飞机窗内，下望茫茫无边的淡黄的沙漠，中间横穿过一条滚滚滔滔的尼罗河。从两岸长长的青翠的柳树荫中，露出了古国埃及伟大建筑的顶尖。

我梦见……这些梦里都有我喜爱的风景和我眷恋的人物，醒来也总是“晓枕心气清，奇泪忽盈把”。梦中当然欢乐，醒后却又有些辛酸。但我的灵魂寻到了一个高旷无际的自由世界，这是我的躯壳所寻不到的。我愿以我的“奇泪”和一缕情思，奉献给我海外的梦中人物！

我劝你

只有女人知道女人的心，
虽然我晓得
只有女人的话，你不爱听。

我只想到上帝创造你
曾费过一番沉吟。
单看你那副身段，那双眼睛。
（只有女人知道那是不容易）
还有你那水晶似的剔透的心灵。

你莫相信诗人的话语；
他洒下满天的花雨，
他对你诉尽他灵魂上的飘零，

他为你长作了天涯的羁旅。

你是女神，他是信徒；
你是王后，他是奚奴；
他说：妄想是他的罪过，
他为你甘心伏受天诛。
你爱听这个，我知道！
这些都投合你的爱好，
你的骄傲。

其实只要你自己不恼，
这美丽的名词随他去创造。
这些都只是剧意，诗情，
别忘了他是个浪漫的诗人。
不过还有一个好女人，你的丈夫……
不说了！你又笑我对你讲圣书。
我只愿你想象他心中闷火般的痛苦，
一个人哪能永远糊涂！

一个人哪能永远糊涂，
有一天，他喊出了他的绝叫，哀呼。
他挣出他糊涂的罗网，
你留停在浪漫的中途。

最软的是女人的心，
你也莫调弄着剧意诗情！
在诗人，这只是庄严的游戏，
你却逗露着游戏的真诚。

你逗露了你的真诚，
你丢失了你的好人，
诗人在他无穷的游戏里，
又寻到了一双眼睛！

嘘，侧过耳朵来，
我告诉你一个秘密：
“只有永远的冷淡，
是永远的亲密！”

一句话

那天湖上是漠漠的轻阴，
湿烟盖住了泼剌的游鳞。
东风沉静地抚着我的肩头，
“且慢，你先别说出那一句话！”

那夜天上是密密的乱星，
树头栖隐着双宿的娇禽。
南风戏弄地挨着我的腮旁，
“完了，你竟说出那一句话！”

那夜湖上是凄恻的月明，
水面横飞着闪烁的秋萤。

西风温存地按着我的嘴唇，
“何必，你还思索那一句话？”

今天天上是呼呼的风沙，
风里哀唤着失伴的惊鸦。
北风严肃地擦着我的眼睛，
“晚了，你要收回那一句话？”

冰神

白茫茫的地上，自己放着风筝，一丝风意都没有——

飏起来了，愈飞愈紧，却依旧是无风。抬头望，前面矗立着一座玲珑照耀的冰山，峰尖上庄严地站着一位女神，眉目看不分明，衣裳看不分明，只一只手举着风筝，一只手指着天上——

天上是繁星错落如珠网——

一转身忽惊，西山月落凉阶上，照着树儿，射着草儿。

这莫是她顶上的圆光，化作清辉千缕？

是真？是梦？我只深深地记着：

是冰山，是女神，是指着天上——

“将来”的女神

我抬头已瞥见了——
你桂花的冠子，
雪白的羽衣。
你胸前的璎珞，
是心血般鲜红，

泪珠般洁白。
你翅儿只管遨翔，
琴儿只管弹奏。
你怎的只是向前飞，
不肯一回顾？

你的光明的脸：

也许是欢乐，
也许是黯淡；
也许是微笑，
也许是含愁；
只令我迷糊恍惚——
你怎的只是向前飞，
不肯一回顾？
将来——
是海角，
是天涯，
天上——人间，
都是你遥遥导引——
你怎的只管向前飞，
不肯一回顾？

看——
只有飘飘云发，
琤琤琴韵，
飒飒天风；
如何——如何？
你怎的只管向前飞，
不肯一回顾？

Ⅱ

青春活泼的心，绝不作悲哀的留滞

爱在左，情在右。

走在生命路的两旁，随时撒种，随时开花，将这一径长途点缀得香花弥漫，使穿枝拂叶的行人，踏着荆棘，不觉痛苦；有泪可落，也不觉是悲哀。

青年

一

嫩绿的芽儿，
和青年说：
“发展你自己！”

淡白的花儿，
和青年说：
“贡献你自己！”

深红的果儿，
和青年说：
“牺牲你自己！”

二

青年人呵！
为着后来的回忆
小心着意地描你现在的图画。

三

成功的花。
人们只惊慕她现时的明艳！
然而当初她的芽儿，
浸透了奋斗的泪泉，
洒遍了牺牲的血雨。

四

我知道了，
时间呵！
你正一分一分地，
消磨我青年的光阴！

五

青年人！
信你自己罢！
只有你自己是真实的，
也只有你能创造你自己。

六

春从微绿的小草里
对青年说：
“我的光照临着你了，
从枯冷的环境中
创造你有生命的人格罢！”

七

青年人呵！
你要和老年人比起来，
就知道你的烦闷
是温柔的。

八

星星——
只能白了青年的发，
不能灰了青年人的心。

九

希望那无希望的事实，
解答那难解答的问题，
便是青年的自杀！

十

心潮向后涌着，
时间向前走着；
青年的烦闷，
便在这交流的旋涡里。

十一

青年人！
你不能像风般飞扬，
便应当像山般静止。

浮云似的
无力的生涯，
只做了诗人的资料呵！

十二

老年人的“过去”，
青年人的“将来”，
在沉思里
都是一样呵！

十三

信仰将青年人
扶上“服从”的高塔以后，
便把“思想”的梯儿撤去了。

十四

玫瑰花的浓红
在我眼前照耀，
伸手摘将下来，
她却萎谢在我的襟上。

我的心低低地安慰我说：
“你隔绝了她和自然的连结，
这浓红便归尘土；
青年人！
留意你枯燥的灵魂。”

十五

青年人！
只是回顾么？
这世界是不住地前进呵。

十六

当青年人肩上的重担
忽然卸去时，
他勇敢的心
便要因着寂寞而悲哀了！

十七

青年人！
觉悟后的悲哀

只深深地将自己葬了。
原也是微小的人类呵！

十八

青年人，
珍重地描写罢，
时间正翻着书页，
请你着笔！

秋

阴沉沉的树荫，
一角的天；
红的是玫瑰，
绿的是芭蕉。
卷起帘来，
总是这一幅图画，
好虽好，
未免也有些儿烦腻了。
一夜秋风吹透了——
卷起帘来，
却已经又换了一幅，
菊花开着天也高了，
庭院也开朗了。

呀！

看他大刀阔斧，

造出了海阔天空的世界，

是何等的建设，

何等的破坏。

青年呵！

我们也有这样刚强的手腕么？

有他这样朗洁的心胸么？

青年呵！

一齐打起精神来，

跟着他走！

不要只……

青年的烦闷

青年时代的生涯，注定是烦闷的。无论是动，是静，是欢乐，是无聊，总觉得背后有烦闷跟着。

到底为什么？是月儿晶莹，是雨儿阴沉，是一望的远山无际，是半池的微波粼粼？这也只是一刹那顷的自然现象。

是神妙，是温柔，对于人生有什么烦闷的影响？

“我不入地狱，谁入地狱？”

“不丧掉生命的，不能得着生命。”

以众生的痛苦为痛苦，所以释迦牟尼，耶稣基督，他们奋斗的生涯里，注定的是永远烦闷！

非完全则宁无

一

易卜生的剧诗《柏拉图》里，有一句极其精彩的话，也是他的意志哲学，就是“非完全则宁无”。

这“宁”字真用得有意思呵！表示出去取之间，有无限的徘徊，无限的思索。然而又至终抛弃一切，牺牲一切，来趋就“完全”等候“完全”。只有“完全”是好的，是美满的。世人都知道有个“完全”，都知道希望“完全”。

固然是既知道有“完全”，便应当希望“完全”。但有时理想离事实太远，前途没有把握，对方隐在云雾渺茫之中。无目的地奋斗，结果只是徒乱人意、劳而无功的。何如斩铁截钉的一句“非完全则宁无”？

“非完全则宁无”，这语气是如何的严冷呢？然而可以激起青年人的决心，唤起青年人的觉悟。“不进行则已，既进行了，就不是无目的地奋斗。”又好似温柔的音乐。

是严冷，是温柔，又是如何的使人感慨呵！

二

一个朋友用这个题目，作了一首白话诗。又一位朋友用这个题目，作了一篇小说。前后看见了之后，我自己又作了一段杂感。

一样的题目，她们所作的彼此用意不同，对象不同。我的又和她们的不同。然而总起来说就是：“天下万事，都是完全的好；要不完全，不如无有。”

“非完全则宁无”，这语意实在不是争气斗胜，要不鸣则已，一鸣惊人的。只因不冷不热，不进不退的光景，太令人难受，一丝的希望未绝，要前行却又着实没有把握，徘徊之间，只枉废许多精神与光阴。慧心人是不肯这样做的，完全了更好，不完全就掉头不顾，远走高飞，这真是英雄的行事！

“非完全则宁无”，有时近于矫情，然而矫情的确是一种学问，也更须有一份勇气。工夫不到是矫不成的，大人物与庸人的分别，也只在于矫得过与矫不过——也许这是我的偏见，然而我个人是如此信的。

但无论如何，奉行一种主义，不要如同拜偶像，死守着做去。

进一步说，世界哪有完全的事？完全到底有什么标准？完全到底有无止境？今天看看是完全，明天又有比昨天好的，昨天的完全，就不是真完全了。推想下去，现在的完全，终是使人怀疑的。将来的完全，终是没有把握的。这“宁”字又何所依附？

推究一个问题，真不容易呵！只有刚一着想时是清晰的，再一想，就越来越模糊了。

想不透就索性不想——这也是“非完全则宁无”么？

三

昨天偶然翻出龚定庵[1]的一句诗，是“百事翻从阙陷好”——这句诗我认为无意思；不过这“好”字，却大可为“想不透就索性不想”解围。

不得已我再说一说“非完全则宁无”。

使我思潮滞住之点，只是“完全”两个字的标准和界说；但是若再进一步，这“无”字也须有它的标准和界说。怎样

① 龚自珍（1792—1841），号定庵。清代思想家、文学家。

才算是“有”，怎样才算是“无”；“掉头不顾，远走高飞”是否已尽了“无”的能事。

但是“无”的界说，却是随着“完全”而解决的。所以主脑仍是“完全”。

有时，理想太超玄了，所以为“完全”的，既在虚无缥缈之中，同时使不完全的更不完全。

有一日世界上的农夫，织妇，士子，工人，都虚拟着将来完全的世界，想到自己现在所着手做去的，真是连“完全”的万分之一都不如。于是都望空凝想，弃业叹息。这样的“非完全则宁无”，结果就是使世界成为冰球；只有灰心，只有失望，只有更不完全。

“完全”不要从第一越到第九十九，从今日越到万古千秋，只要一步一步进。因为今日有今日的“完全”，明日有明日的“完全”；若要看到世界的尽头，世界上就真无所谓“完全”了。

现在的界说是：我今日所以为“完全”的就是“完全”。

未来的“完全”，且不必管他。

若是连今日的“完全”也求不到时，那时又何妨斩铁截钉地说一句“非完全则宁无”？

除夕

是这般的灯红人静，守着炉火，正思潮泛涌；拿起笔来——写罢，从何处写起？

“除夕！”难道也生出人云亦云，有心的感想？——应看的书，都堆在架上呢，今夜清闲……看罢，却又一行都看不下去。我抑下思潮，无奈它一霎时又如前泛涌。“除夕”两个字，已入了我的心，思想总围着它旋转。

“时间”呵！你来限制无限的太空，什么年月日时，分出“过去”，“将来”，“现在”，这三面旗影下，指挥了多少青年！

“除夕”这两个字，也受了时间的赐予，隔断了现在和未来。平常的一夜，竟做成了万仞的高山！

我不信平常的一夜，就可做万仞的高山！截住了不断的生命的泉流。然而我——我终竟也随同信了。可怜的人类呵！竟听“时间”这般的困苦你，更可怜我也未能跳出圈儿外！

将来，我的梦，如何实现？——为着“现在”热烈的期望，我切盼时间飞走；为着“将来”无聊的回忆，我又怕时间飞走。人呵！你终竟是个人，怎敌时间的播弄。

完了！人呵！你只是个人，什么立志，什么希望，从头数，只在“时间”的书页上，留些墨迹。到了末尾，只有……

空了——无奈现在总有我，这不自主的奋斗，无聊赖的努力，须仍被“时间”束住！

听一下一下的钟声，又是催人过去，这一声声难再得。即使坐到天明，也只随着世界转，仍有我，仍有时间。

去的去了，来的来了，住的住了；只能听着“时间”，翻它的书页。

困苦的人呵！你空读了些书，为着这小小问题，竟由它烦闷，得不出丝毫解答？

一朵白蔷薇

怎么独自站在河边上？这朦胧的天色，是黎明还是黄昏？

何处寻问，只觉得眼前竟是花的世界。中间杂着几朵白蔷薇。

她来了，她从山上下来了。靓妆着，仿佛是一身缟白，手里抱着一大束花。

我说，“你来，给你一朵白蔷薇，好簪在襟上。”她微笑说了一句话，只是听不见。然而似乎我竟没有摘，她也没有戴，依旧抱着花儿，向前走了。

抬头望她去路，只见得两旁开满了花，垂满了花，落满了花。

我想白花终比红花好；然而为何我竟没有摘，她也竟没有戴？

前路是什么地方，为何不随她走去？

都过去了，花也隐了，梦也醒了，前路如何？便摘也何曾戴？

一个奇异的梦

前些日子，我得了一次很重的热病。病中见了一个异象，是真是幻，至今还不能明白。

那一天是下午，我卧在床上。窗帘垂着，廊下的苇帘也放着，窗外的浓荫，绿水般渗透到屋里来。微微的凉风，和着鸟声蝉声，都送到我耳中。我那时的神志，稍微地清醒一些，觉得屋里洁净无尘，清静得很。母亲坐在床沿，一面微笑着和我轻轻地谈话；一面替我理着枕边的乱发，但是脸上却堆着忧愁。

病人的看护者，对于病人病症的增减，是应镇定安详，不动声色的。但是专以看护为职务的，和病人不是亲属，没有什么感情，自然容易守这个原则。至于母子之间，因为有天性里发出来的感情，虽然勉强压抑，总难免流露出来。所以我今天的病状，从我母亲脸上看来，就知道一定是很危险的了，心里不觉有一点骇怕。

我疲倦已极，也不愿意说话，只注目看着我母亲。母亲穿一件白纱衫子；拿着一把扇子，轻轻地扇着；头上戴着簪子，似乎要落下来。我想要告诉母亲，请她把簪子戴好，或是拔下来，心里虽这样想，口中却懒得说。一会儿眼睛很倦，慢慢地闭上，隐隐约约地还看见母亲坐在那里，以后蒙眬睡去，便看不见了。

我虽然仿佛睡着，心里却还清楚。我想我的病许是没有什么盼望了。我不过是一个小孩子，无论对于哪一方面，生存与否，都是没有什么大关系的。而且像这样的社会，活着也没有什么快乐，脱去倒也干净，只是我的父母一定要伤心的。想到这里，心头一颤，忽然觉得帘子微微地动了一动，走进一个人来。

他愈走愈近，只是眉目须发，都看不清楚，好像一团白雾，屯在屋子当中。那时我倒一点也不觉得骇怕，很从容地自己想道：“我要死了，难道还怕什么鬼怪，我们一块儿走罢。”

话虽这样说，再也不能合上眼，只凝视着他。他也依旧站着不动。过了半天，忽然我的心弦颤动起来，发出清澈的声音，划破沉寂的空气，问道：“你是谁？”他说：“我是你的债主。”

这时我静静地躺着，身子都不动，我的心却朗朗地和他说话。

我说："我并没有该谁的债，也更没有该你这素不相识的人的债，我要走了，你不必再来搅我。"他说："为的是你要走，才来会一会你，你该了我的债，你不能随随便便地走呵。"他说这话的时候，声音很严重，如同命令一般。

我急着说："你到底是谁？我也不知道什么时候该你的债，可否请我的父母替我还了，我年纪还小，经济不能独立呵。"

他笑说："我名叫社会。从你一出世，就零零碎碎的该了我不少的债，你父母却万万不能替你还，因为他们也自有他们应还我的债，而且你所应还的也不尽是金钱呵。"

我说："我应还的是什么？你说明白了，我便要还你。"

他说："你在精神和物质方面的必需和要求，随时随地，没有不由我供给的，你想你所应还的债多不多，难道可以随便走么？"

我便冷笑说："我从你那里所得的，只有苦痛，忧患罪恶，我天赋的理性，都被你磨灭得小如泥沙，难道还要感你的情么？假如你能将一切你所给我的原物要回，我倒喜欢呢。我不多时要走了，你挽留我也无益呵。"

他似乎沉下脸来说："你现在先静一静你的脑筋，不要本着兴奋的感情，随口乱说。你自己再想一想，难道你从我这里所得的，尽是忧患苦痛罪恶么？”

我这时忽然有点气馁，觉得他须眉奕奕，凛若天神，一时也不敢答应。

他又说：“你稍微地加一点思索，便可知道我所付与你的，都是答应你的要求，虽不能说都能使你满意，却可以促你的进步。假使我从来不给你快乐，你如何知道苦痛；从来不给你善美，你如何知道罪恶。这便是我造就、勉励你的苦心了。谁知你全不想到这个，把从我这里所取去的，全不认账。岂不是一个忘恩负义的青年，半点的价值都没有么？”

我一面听着，毛骨悚然，置身无地，不禁流泪说：“我已经明白了我的过错，也知道了你的恩典，求你再告诉我怎样的还你的债。”

他的颜色渐渐地和悦了，说：“你知道了便好，现在积极做去，还不晚呢。如今有许多的青年，都是不但白受了恩典，还要说我不应当拿这恩典去使他感苦痛；不说他自己的卑怯，反要怪我恶虐，任意将他该我的重债，一笔勾销，决然自去。就像你方才想脱离了我，你个人倒自由干净，却不知你既该了我的债，便是我的奴仆，应当替我服务。我若不来告诫你，恐怕你至终不知道你的过错，因此我便应念而至……”

我挣扎着要想坐起来，却没有气力，只伏枕哭道：“谢谢你，从今以后，我立誓不做一个忘恩负义的青年。”

忽然铮的一声，心弦不响了，白雾也消灭了，心里渐渐地苏醒过来。

母亲摇我说：“醒来！醒来！不要哭，我在这里呢。”我睁开眼，拉着母亲的手，自己觉得心跳得很微，脸上泪和汗流在一处，定了一定神，便扶着坐起来。母亲看着我，满脸堆笑说：“你似乎好了许多，也有精神了，你刚才做了噩梦么？”

我慢慢地对母亲说我的梦境。

一天——两天之后，我便大好了。

“是非”

我们评论一件事或是一个人的时候，常常要提到“是”或“非”这两个字，谈惯了觉得很自然——然而我自己心中有时却觉得不自然，有时却起了疑问，有时这两个字竟在我意念中反复到千万遍。

我所以为“是”的，是否就是“是”？我所以为“非”的，是否就是“非”？不但在个人方面，没有绝对的“是非”，就是在世界上恐怕也没有绝对的“是非”。

在我以为“是”的，在他又以为“非”；这时代里以为“是”的，在那时代里又以为“非”；在这环境里以为“是”的，在那环境里又以为“非”；在这社会里以为“是”的，在那社会里又以为“非”；是非既没有标准，各是其是，各非其非，于是起了世上种种的误会，辩难，攻击。

是抛弃了我的“是”，去就他的“非”呢？还是叫他抛弃他的“是”，来就我的“非”呢？去就之间，又生了新的“是非”的问题。

“是非”是以“良心”为标准么，但究竟什么是“良心”？以“天理”为标准么，但究竟什么是“天理”？又生了一个新的“是非”的问题，只添给我们些犹疑，忧郁，苦恼。

“是非”的问题，便是青年时代最烦闷的问题中之一。

我竭力地要思索它，了解它，结果是只生了无数的新的“是非”问题——我再勉强地思索它，了解它，结果是众人以为“是”的，就是“是”，众人以为“非”的，就是“非”，但是“是非”问题就如此这般地解决了么？“我”呢，“我”到哪里去了？有了众人，难道就可以没了“我”？

这问题如水过般，只是圆的运动，找不出一个源头来——

思索到极处，只有两句词家的话，聊以解脱自己：“……人生了事成痴，世上总无真是非……”

但此是解决“是非”的方法么？我还是烦闷。

安于烦闷的，终久是烦闷，不肯安于烦闷的，便要升天入地地想法子来解决它。

年轻人呵！我们要解决古往今来，开天辟地，人所不能解决，未曾解决的问题。

求真理——求绝对的真理。

五月一号

一号的下午，出门去访朋友，回到家来，忽然起了感触。

是和她的谈话么？半年的朋友，客客气气的，哪有荡气回肠的话语；是因为在她家看的报纸么？今天虽是劳动纪念“工作八小时”，“推翻资本家”，在我却不致有这么深的感动呵！

花架后参天的树影，衬着蔚蓝的天，几只鸟叫着飞过去了——但这又有什么意思？

世界上原来只如此。世界上的人的谈话，原来也只如此。原来我也在世界里，随着这水涡儿转。

不对呵，我何必随着世界转，只要你肯向前走。

目前尽是平庸的人，诈欺的事。若是久滞不进呵，一生也只是如此。然而造物者和人已经将前途摆在你眼前，希望的光一闪一闪的，画出快乐的符咒——只在你肯向前，肯奋斗。

一个人实实在在的才能，唯有自己可以知道，他的前途也只有自己可以隐约测定。自己知道了，试验了，有功效了，有希望了——接着只有三个字：向前走！

现在的地位和生活，已经足意了么？学问和阅历，已经够用了么？若还都有问题，不自安于现在的人，必要向前走！

一个人生在世上，不过这么一回事，轰轰烈烈和浑浑噩噩，有什么不同？——然而也何妨在看透世界之后，谈笑雍容的人间游戏。

十几年来，只低着头向前走，为什么走？人走，所以我不得不走——然而前途是向东呢？向西呢？走着再说！

也曾有数日或数月的决心，某种事业是可做的，是必做的，也和平，也温柔，也忍耐，无妨以此消遣人生，走着再说。

路旁偶然发见了异景，偶然驻足，偶然探头，偶然走了一两步，觉得有一点能力含在我里面，前途怎样？走着再说。

愈走愈远，步步引出能力，步步发现了快乐。呀！我原来是有能力的，现在也不向东，也不向西，只向那希望的光中走。

康庄大道上同行的人，都不见了。羊肠小径中，前面有几个，后面有几个！这难走的道，果然他们都愿走么？果然，斜出歧途的有几个，停止瞻望的有几个。现在我为什么走？因为人不走，所以我必得走！

走呵！即或走不到，人生不过是这么一回事，何妨人间游戏。

快乐是否人生的必需？未必！然而在希望光中，无妨叫它作鼓舞青年人前进的音乐。

世人以为好的，我未必以为好。但是何妨投其所好，在自己也不过是人间游戏。

书橱里的书，矮几上的箫，桌上的花，笔筒里的尺子，墙外的秋千——这一切又有什么意思？

孩子倒是很快乐的，他们只晓得欢呼跳跃，然而我们又何尝不快乐？

记得有一天在球场上，同着一位同学，走着谈着。她说："在幻想中，常有一本书，名字是 *This is my field*，这是我的土地——在我精神上闲暇的时候，常常预先布置后来的事业，我是要……你要说我想入非非罢？"我们那天说了许多的话。

又有一晚也是在球场上，月光微澹，风吹树梢。同另一位同学走着谈着，她说：“我的幻想中常常有一个理想的学校，一切的设备，我都打算得清清楚楚的。”那晚我们也说了许多的话。

各人心中有他的理想国，有他的乌托邦。这种的谈话，是最有趣味的，是平常我们不多说的。因为每日说的是口里的话，偶然在环境和心境适宜的时候，投机的朋友，遇见了，说的是心里的话。

昨天我和一位同学在阳光下对坐，我们说过了十年，再聚一块，互证彼此的事业，那才有意思呢？大家一笑。

这些事又有什么意思？和五月一号有什么相干？和刚才的朋友又有什么联络？我的原意是什么？

千头万绪中，只挑出一个题目来，是：“今天是五月一号，我要诚实地承受造物者和人的意旨，奔向自己认定的前途，立志从今日起，担起这责任来，开始劳动。”

影响

一个人的思想，
发表了出去；
不论他是得赞扬，是受攻击，
至少使他于别人有些影响。

好似一颗小石头抛在水里，
一声清响跳起水珠来；
接着漾出无数重重叠叠的圈儿，
越远越大，直到水的边际——
不要做随风飘荡的羽毛！
吹落在水面上，
漾不出圈儿，
反被水沾住了。

圈儿

读《印度哲学概论》至："太子作狮子吼：'我若不断生、老、病、死、忧悲、苦恼，不得阿耨多罗三藐三菩提，要不还此。'"有感而作。

我刚刚出了世，已经有了一个漆黑严密的圈儿，远远地罩定我，但是我不觉得。

渐渐地我往外发展，就觉得有它限制阻抑着，并且它似乎也往里收缩——好害怕啊！圈子里只有黑暗，苦恼悲伤。

它往里收缩一点，我便起来沿着边儿奔走呼号一回。结果呢？它依旧严严密密地罩定我，我也只有屏声静气地，站在当中，不能再动。

它又往里收缩一点，我又起来沿着边儿奔走呼号一回；回数多了，我也疲乏了——圈儿啊！难道我至终不能抵抗你？永远幽囚在这里面么？

起来！忍耐！努力！

呀！严密的圈儿，终竟裂了一缝——往外看时，圈子外只有光明，快乐，自由——只要我能跳出圈儿外！

前途有了希望了，我不是永远不能抵抗它，我不至于永远幽囚在这里面了。

努力！忍耐！看我劈开了这苦恼悲伤，跳出圈儿外！

III

只有我们自己是真实的

生命中不是只有快乐，也不是只有痛苦，快乐和痛苦是相生相成，互相衬托的。

梦的启发

我从一场好梦中醒来。

我梦见似乎是一位导游的年轻人，把我带到一处楼上，一边说话一边拉开好几扇日本式的、很轻的糊着纸的门，屋里忽然亮了。楼栏外是一些无际的闪烁荡漾的湖光！那位年轻人说："这前面是太湖，风景多美。你要是能回到这里来，有多少文章写不了？看你的东西还不是都在这里？"我随着他的手指望去，果然榻榻米上还摊着我的雪白的枕头、薄薄的被子；矮几上还有我的纸笔和一把小小的画尺，当我拿起那一把小尺子的时候，我忽然醒了。

在开朗喜悦的心情里，我按亮了枕边的小电筒，看我枕边的小马蹄钟，时间是清晨四点十分。我又闭上眼睛，微笑地回想梦中去过的地方：那里有纸门、有榻榻米，像是我在日本的寓所，但那座楼前只有小巷，没有湖光。我在云南呈贡三台山上的默庐，书桌对面是几里以外的昆明湖。我在重庆歌乐山的潜庐，可以看到的是山下十几里外蜿蜒如带的嘉陵江。这个梦是把这几张画面重叠地放映了出来，给我布置了一个面对太湖，可以写文章的地方！

梦里的近在楼前的太湖，是我白天偶然注意到的墙上月历的一幅画面，而那把小尺子，是我昨天在一张书桌上的笔筒中抽出来的，不知道让哪个小孩子弄折了。这张书桌本来是我老伴的，如今是我女儿的了，因为现在她住进了这间屋子。

老伴被挤到我住的九平方米的小屋子来，和我合用一张书桌。我们像小学生一样，并排坐着，一男一女，一人一个抽屉。我看书时他也看书，我写字时他也写字，我们总是互相干扰。我现在出不去了，只有盼望他出去开个会什么的，好让我有个独在的时间……是否在我的下意识里，曾希望眼前突兀着一张面湖的自己的书桌呢？真也难说！

据说一个人年纪大了，总是在回忆中过日子，想的、说的、写的，甚至做的梦也都是过去的事。我愿意往另一个极端想，就是一个人在小的时候，总是在想望中过日子，想的、说的、写的，甚至于做的梦也都是未来的事。理想原也是一个梦，一个青少年应该有自己的梦想。梦想自己和国家和人类的未来，把自己认为是美好的许多光景，重叠地构成一幅最新最美的画图，然后用你和你的小伙伴们一辈子的努力，来把它实现、完成。那么，这种开朗喜悦的心情，也不会小于我做的这一个好梦！

石像

凝寂的面庞，消沉的目光，都衬出他庄严的姿态，他只这样摄着白衣站着，静悄悄地向前看着。

小孩子攀着窗台，要和他谈笑；他眼儿也不抬一抬，唇儿也不动一动，只自己屹立着，向前看着。

小妹妹说他伤心，小弟弟说他孤傲——我却并不这样想，只深深地低头崇拜。

倘若你容我说破，石像呵！你是伤心，因为无量沙数的世人，心里只满着贪嗔。你是孤傲，因为无量沙数的世人，口里只唱着悲歌。

谁像你这般屹立凝眸地向前看着？——任他小孩子笑语纠缠，你只屹立凝眸地向前看着。

石像呵！任他无知的孩子，说你伤心，说你孤傲，我只深深地低头崇拜。

山中杂感

溶溶的水月，螭头上只有她和我。树影里对面水边，隐隐地听见水声和笑语。我们微微地谈着，恐怕惊醒了这浓睡的世界——万籁无声，月光下只有深碧的池水，玲珑雪白的衣裳。这也只是无限之生中的一刹那顷！然而无限之生中，哪里容易得这样的一刹那顷！

夕照里，牛羊下山了，小蚁般缘走在青岩上。绿树丛颠的嫩黄叶子，也衬在红墙边——这时节，万有都笼盖在寂寞里，可曾想到北京城里的新闻纸上，花花绿绿的都载的是什么事？

只有早晨的深谷中，可以和自然对语。计划定了，岩石点头，草花欢笑。造物者呵！我们星驰的前途，路站上，请你再遥遥地安置下几个早晨的深谷！

陡绝的岩上，树根盘结里，只有我俯视一切——无限的宇宙里，人和物质的山，水，远村，云树，又如何比得起？然而人的思想可以超越到太空里去，它们却永远只在地面上。

回忆

雨后，天青青的，草青青的。土道上添了软泥，削岩下却留着一片澄清的水，更开着一枝雪白的花。也只是小小的自然，何至便低徊不能去?

风狂雨骤，黑暗里站在楼阑边。要拿书却怎的不推开门，只凝立在新凉里?——我要数着这涛声里，岛塔上，灯光明灭的数儿，一——二——三——四——五。

沉郁的天气。浪儿侵到裙儿边。紫花儿掉下去了，直漾到浪圈外，沉思的界限里。低头看时，原来水上的花，是手里的花。

水里只荡漾着堂前的灯光人影。——一会儿，灯也灭了，人也散了。——一时沉黑——是我的寂寞?是山中的寂寞?是宇宙的寂寞?这池旁本自无人，只剩得夜凉如水，树声如啸。

这些事是遽隔数年，这些地也相离千里，却怎的今朝都想起？料想是其中贯穿着同一的我，潭呵，池呵，江呵，海呵，和今朝的雨儿，也贯穿着同一的水。

霞

四十年代初期，我在重庆郊外歌乐山闲居的时候，曾看到英文《读者文摘》上，有个很使我惊心的句子，是：

May there be enough clouds in your life to make a beautiful sunset。

我在一篇短文里曾把它译成："愿你的生命中有够多的云翳，来造成一个美丽的黄昏。"

其实，这个 sunset 应当译成"落照"或"落霞"。

霞，是我的老朋友了！我童年在海边、在山上，她是我的最熟悉最美丽的小伙伴。她每早每晚都在光明中和我说："早上好"或"明天见"。

但我直到几十年以后，才体会到：云彩更多，霞光才愈美丽。从云翳中外露的霞光，才是璀璨多彩的。

生命中不是只有快乐，也不是只有痛苦，快乐和痛苦是相生相成，互相衬托的。

快乐是一抹微云，痛苦是压城的乌云，这不同的云彩，在你生命的天边重叠着，在“夕阳无限好”的时候，就给你造成一个美丽的黄昏。

一个生命到了“只是近黄昏”的时节，落霞也许会使人留恋，惆怅。但人类的生命是永不止息的。地球不停地绕着太阳自转。

东方不亮西方亮，我窗前的晚霞，正向美国东岸的慰冰湖上走去……

我

照着镜子，看着，究竟镜子里的那个人，是不是我？这是一个疑问！在课室里听讲的我，在院子里和同学们走着谈着的我，从早到晚和世界周旋的我，众人所公认以为是我的：究竟那是否真是我，也是一个疑问！众人目中口中的我，和我自己心中的我，是否同为一我，也是一个疑问！

清夜独坐的我，晓梦初醒的我，一年三百六十五天之中偶然有一分钟一秒钟感到不能言说的境象和思想的我，与课室里上课的我，和世界周旋的我，是否同为一我，也是一个疑问。

这疑问永远是疑问！这两个我，永远不能分析。

既没有希望分析他，便须希望联合他。

周旋世界的我呵！在纷扰烦虑的时候，请莫忘却清夜独坐的我！

清夜独坐的我呵！在寂静清明的时候也请莫忘却周旋世界的我！

相顾念！相牵引！拉起手来走向前途去！

胰皂泡

小的时候，游戏的种类很多，其中我最爱玩的是吹胰皂泡。

下雨的时节，不能到山上海边去玩，母亲总教给我们在廊子上吹胰皂泡。她说是阴雨时节天气潮湿，胰皂泡不容易破裂。

法子是将用剩的碎胰皂，放在一只小木碗里，加上点水，和弄和弄，使它融化，然后用一支竹笔套管，沾上那黏稠的胰皂水，慢慢地吹起，吹成一个轻圆的网球大小的泡儿，再轻轻地一提，那轻圆的球儿，便从管上落了下来，软悠悠地在空中飘游。若用扇子在下边轻轻地扇送，有时能飞到很高很高。

这胰皂泡，吹起来很美丽，五色的浮光，在那轻清透明的球面上乱转。若是扇得好，一个大球，会分裂成两三个玲珑娇软的小球，四散分飞。有时吹得太大了，扇得太急了，这脆弱的球，会扯成长圆的形式，颤巍巍的，光影零乱，这时大家都悬着心，仰着头，停着呼吸——不久这光丽的薄球，就无声地散裂了，胰皂水落了下来，洒到眼睛里，使大家都忽然低了头，揉出了眼泪。

静夜里为何想到了胰皂泡？——因为我觉得这一个个轻清脆丽的球儿，像一串美丽的画梦！

像画梦，是我们自己小心地轻轻吹起的，吹了起来，又轻轻地飞起，是那么圆满，那么自由，那么透明，那么美丽。目送着她，心里充满了快乐，骄傲与希望，想到借着扇子的轻风，把她一个个送上天去送过海去。到天上，轻轻地挨着明月，渡过天河跟着夕阳西去。或者轻悠悠地飘过大海，飞越山巅，又低低地落下，落到一个美人的玉搔头边，落到一个浓睡中的婴儿的雏发上……

自然的，也像画梦，一个一个地吹起，飞高，又一个一个地破裂。廊子是我们现实的世界，这些要她上天过海的光球，永远没有出过我们仄长的廊子！廊外是雨丝风片，这些使我快乐，骄傲，希望的光球，都一个个地在雨丝风片中消失了。

生来是个痴孩子，我从小就喜欢做画梦，做惯了梦，常常从梦中得慰安，生希望，越做越觉得有道理，简直不知道自己是在做梦，最后简直把画梦当作最高的理想，受到许多朋友的劝告讥嘲。而在我的精神上的胰皂泡没有破灭，胰皂水没有洒到我的心眼里使我落泪之先，我常常顽强地拒绝了朋友的劝告，漠视了朋友的讥嘲。

自小起做的画梦，往少里说，也有十余个，这十几年来，渐渐地都快消灭完了。有几个大的光球，破灭的时候，都会重重地伤了我的心，破坏了我精神上的均衡，更不知牺牲了我多少的眼泪。

到现在仍有一两个光球存在着，软悠悠地挨着廊边飞。不过我似乎已超过了那悬心仰头的止境，只用镇静的冷眼，看她慢慢地往风雨中的消灭里走！

只因常做梦，我所了解的人，都是梦中人物，所知道的事，都是梦中的事情。梦儿破灭了，当然有些悲哀，悲哀之余，又觉得这悲哀是冤枉的。若能早想起儿时吹胰皂泡的情景与事实，又能早觉悟到这美丽脆弱的光球，是和我的画梦一样的容易破灭，则我早就是个达观而快乐的人！虽然这种快乐不是我所想望的！

问答词

树影儿覆在墙儿上，又是凉风如洗，月明如水。

她看着我，“为何望天无语，莫非是起了烦闷，生了感慨？”

我说：“我想什么是生命！人生一世，只是生老病死，便不生老病死，又怎样？浑浑噩噩，是无味的了，便流芳百世又怎样？百年之后，谁知道你？千年之后，又谁知道你？人类灭绝了，又谁知道你？便如你我月下共语，也只是电光般，瞥过无限的太空，这一会儿，已成了过去渺茫的事迹。”

她说：“这不对呵，你只管赞美‘自然’，讴歌着孩子，鼓吹着宇宙的爱，称世界是绵绵无尽。你自己岂不曾说过‘世界上有的是快乐光明’？”

我说:“这只是闭着眼儿想着,低着头儿写着,自己证实,自己怀疑,开了眼儿,抬起头儿,幻象便走了!乐园在哪里?天国在哪里?依旧是社会污浊,人生烦闷!‘自然’只永远是无意识的,不必说了。小孩子似乎很完满,只为他无知无识。然而难道他便永久是无知无识?便永久是无知无识,人生又岂能满足?世俗无可说,因此我便逞玄想,撇下人生,来赞美自然,讴歌孩子。一般是自欺,自慰,世界上哪里是快乐光明?我曾寻遍了天下,便有也只是相对的暂时的,世界上哪里是快乐光明?”

她说:“希望便是快乐,创造便是快乐。逞玄想,撇下人生,难道便可使社会不污浊,人生不烦闷?”

我说:“希望做不到,又该怎样?创造失败了,又该怎样?古往今来,创造的人又有多少?到如今他们又怎样?你只是恒河沙数中的一粒,要做也何从做起,要比也如何比得起?即或能登峰造极,也不过和他们一样。不希望还好,不想创造还好,倒不如愚夫庸妇,一生一世,永远是无烦恼!”

她微笑说:“你的感情起落无恒,你的思想没有系统。你没有你的人生哲学,没有你的世界观。只是任着思潮奔放,随着思潮说话。创造是烦恼,不创造只烦闷,又如何?希望是烦恼,不希望只烦闷,又如何?”

我说:“是呵!我已经入世了。不希望也须希望,不前进也须前进。车儿已上了轨道了，走是走，但不时地瞻望前途，只一片的无聊乏味！这轨道通到虚无缥缈里，走是走，俊采星驰地走，但不时地觉着，走了一场，在这广漠的宇宙里，也只是无谓！”

她只微笑着，月光射着她清扬的眉宇，她从此便不言语。

“世界上的力量，永远没有枉废：你的一举手，这热力便催开了一朵花；你的一转身，也使万物颤动；你是大调和的生命里的一部分，你带着你独有的使命；你是站在智慧的门槛上，请更进一步！看呵，生命只在社会污浊，人生烦闷里。宇宙又何曾无情？人类是几时灭绝？不要看低了愚夫庸妇，他们是了解生命的真意义，知道人生的真价值。他们不曾感慨，不曾烦闷，只勤勤恳恳地为世人造福。回来罢！脚踏实地着想！”

这话不是她说的，她只微笑着。

“宛因呵！感谢你清扬的眉宇，从明月的光辉中，清清楚楚地告诉我。”

十字架的园里

她说：“不去了！那里只是冷阴阴的——”

那里是“只是冷阴阴的”；然而我深深地觉得，在那里，我的思想，常常立刻地平静下来，超出日常生活之外。人生是不是应该有些思想，超出日常生活之外呢？

我相信，春天来了，枝头微绿了；在那平列的十字架丛中，幽绝静绝的树下，石块上独坐，读些自己心爱的诗文，也是一生最可记念的事呵！

相伴的，只是扫花的老人罢！只有树上的小鸟罢！他们也各有他们的感想么？城墙隔断了我向外的视线，只深深地将我的思想，关闭在这圈儿里了！

她说：“在这里，人生未免太悲惨了——”

是真的么？为何我们便想不透呢？纵然天下事都是可怀疑的，但表示我们生命终结的那十字架，是不容怀疑，不能怀疑的。在有生之前，它已经竖立在那里，等候着我们了。生前的友！死后永久的伴侣！我们为何以它为悲惨呢？

在这里，我只有静止不流的心泉，幽深缥缈的思想，和那微带着觉悟欢喜的“惆怅”。

这种思想，是天上的还是人间的呢？也许都不是罢，然而在我是超乎平常的境界了！

花也谢了，石块也剥落了，影片也模糊了；但这于长眠的人有什么影响呢？他们已将历史中的悲欢离合，交还了世界，自己微笑着享受他们最后的安息了！

寂静极了！幽深极了！沉思的石像旁边，长眠的异国异乡的人，在这里，什么界限都消灭了，我们只隔着一个神秘的十字架呵！

旧的文字，可以描写新的感想么？若是可以，我介绍你们相见罢：

一角的城墙，
蔚蓝的天，
极目的苍茫无际——
即此便是天上人间！

“死”呵！
起来颂扬它，
是沉默的终归，
是永久的安息。

人类呵！
相爱罢！
我们都是长行的旅客，
向着同一的归宿。
我的朋友！
未免太忧愁了么？
“死”的泉水，
是笔尖下最后的一滴。

绮色佳 Ithaca

一

明月穿过杨柳，自涧上来。泉水一片片的，曲折的，泻下层石，在潺潺地流着。树枝在岩上，低垂的，繁响地摇动着。月光便在这两两把握不定的灵境中颤漾着！涧中深空得起了沉沉的回音。两旁的岩影黑得入了神秘。桥上已断绝行人。泉水的灵光中的细吟，和着我的清喟。轻风自身旁燕子般掠过，在怜惜讽笑这一身客寄的孩子。他问我："你是何人？到此何事？千百万年中为何有此一瞥的相遇？"徘徊凄动，凉露侵衣——这些都是画中境呵，我做了画中人！

二

刚做了三山光明，星落如雨的梦，黄昏时醒来到了湖上。月儿正到了将圆未圆时节！夕阳已落，霞光未退。鱼肚白的，淡红的，紫的，一层层融化在天末，漾浮在水面，将水上舟上的人儿，轻卷在冰绡褶里。月儿渐渐高了。湖上泛来一阵轻云，淡淡地要梦化了这水天世界！遥望见岸上整齐的点点的灯光映到水里，是弯弯曲曲的一缕缕一条条，光丝竟欲牵到船下！四围紫山，圈住这茫茫光影。是花？非花！是雾？非雾！是梦？非梦！人世间决不能有此梦，决擎受不起此梦！月光照着我的衣裳，告诉我，“有你在，有我在，决不能是梦”！湖水扣着船舷，告诉我，“你在船上，我在船旁，上有湖天，湖月，中有湖山。这一切都互相印证，决不能是梦”！惘然遽然，不知所答——这些都是诗中境呵，我做了诗中人！

三

自黄昏坐到夜里。历落的星辰在深密的松梢闪烁。层层碑碣间的青草地下，累累地掩埋着许多荣名，热爱，才艳与青春。我含着彷徨之泪，扶着碑石，一一地唤起，墓中人，珍重地问他。他说：“人生不过数十年，何必多寻事作？”我说：“正以人生不过数十年，所以要多寻事作。”语声未了，我觉得我的远怀与奢望，在墓中人唇边鄙夷的一笑中消灭！自然要输与过来人，但我这俊采星驰的路程，却如何止息？悲剧的本质是：心灵与心灵的冲突，事业与事业的冲突，人物与人物的冲突。终有一方烛灭香消，风流云散。我不甘消灭，我不甘流散，而人生本质是悲剧，具大智慧善知识者尤其是剧中之重要角色，我将奈何！才觉得冷露已湿透了我的轻蓝衫子，四野风来，松影森立——这是悲剧之一幕呵，我做了剧中人！

图画

信步走下山门去，何曾想寻幽访胜?

转过山坳来，一片青草地，参天的树影无际。树后弯弯的石桥，桥后两个俯蹲在残照里的狮子。回过头来，只一道的断瓦颓垣，剥落的红门，却深深掩闭。原来是故家陵阙！何用来感慨兴亡，且印下一幅图画。

半山里，凭高下视，千百的燕子，绕着殿儿飞。城垛般的围墙，白石的甬道，黄绿琉璃瓦的门楼，玲珑剔透。楼前是山上的晚霞鲜红，楼后是天边的平原村树，深蓝浓紫。暮霭里，融合在一起。难道是玉宇琼楼？难道是瑶宫贝阙？何用来搜索诗肠，且印下一幅图画。

低头走着，一首诗的断句，忽然浮上脑海来。“四月江南无矮树，人家都在绿荫中。”何用苦忆是谁的著作，何用苦忆这诗的全文。只此已描画尽了山下的人家！

IV

生命是有趣的，我却也已满足

假如生命是无趣的，我怕有来生；假如生命是有趣的，今生已是满足的了。

往事·以诗代序

我是一个盲者，
看不见生命的道途，
只听凭着竿头的孩子，
走着跳着地引领，
一步步地踏入通衢。

心头有说不出的虚空和寂静，
心头有说不出的迷惘与糊涂；
小孩子，你缓一缓脚步，
让我歇在这凉荫的墙隅。

听人声喧哗着四周，
对我在不住地传呼；

我起身整一整衣袂，
擦了擦脸上的汗污。

小孩子你别走远了，
你与我仍旧搀扶！
摸索着拾起琵琶
调着弦子，
我整顿起无限的欢愉。

第一部曲是神仙故事，
故事里有神女与仙姑；
围绕着她们天花绚烂，
我弦索上迸落着明珠。

我听得见人声哗赞，
哗赞这热闹的须臾；
我只是微微地笑着，
笑着领受了这无谓的称谀。

第二部曲我又在弹奏，
我唱着人世的欢娱；
鸳鸯对对地浮泳，
凤凰将引着九雏。

人世间只有同情和爱恋，
人世间只有互助与匡扶；
深山里兔儿相伴着狮子，
海底下长鲸回护着珊瑚。

我听得见大家嘘气，
又似乎在搔首捋须；
我听得见人家在笑，
笑我这般的幼稚，痴愚……
失望里猛一声的弦音低降，
弦梢上漏出了人生的虚无。
我越弹越觉得琴弦紧涩，
越唱越觉得声咽喉枯！

这一来倒合了人家心事，
我听见欣赏的嗟吁。
只无人怜惜这干渴的歌者，
无人怜惜她衣汗的沾濡！

人世间是同情带着虚伪，
人世间是爱恋带着装诬……
我唱到伤感凄凉时节，

我听见人声悄悄地奔趋。

第三部曲还未开始，
我已是孤坐在中衢——
四围听不见一毫声息，
只有秋风，落叶，与啼乌！

抱着琵琶我挣扎着站起来，
疼酸刺透了肌肤。
竿头的孩子哪里去了，
我摸索着含泪哀呼。

小孩子，你天真已被众生伤损，
大人的罪过摧毁了你无辜，
觉悟后的彷徨使你不敢引导，
你茫然地走了，把我撇在中途！

我拼着踽踽地曳着竿儿走去，
我仍要穿过大邑与通都！
第三部曲我仍要高唱，
要歌音填满了人生的虚无！

往事 · 生命之树

将我短小的生命的树，一节一节地斩断了，圆片般堆在童年的草地上。我要一片一片地拾起来看；含泪地看，微笑地看，口里吹着短歌地看。

难为他装点得一节一节，这般丰满而清丽！

我有一个朋友，常常说："来生，来生！"——但我却如此说："假如生命是乏味的，我怕有来生。假如生命是有趣的，今生已是满足的了！"

第一个厚的圆片是大海；海的西边，山的东边，我的生命树在那里萌芽生长，吸收着山风海涛。每一根小草，每一粒沙砾，都是我最初的恋慕，最初拥护我的安琪儿。

这圆片里重叠着无数快乐的图画，憨嬉的图画，寂寞的图画，和泛泛无着的图画。

放下罢，不堪回忆！

第二个厚的圆片是绿荫；这一片里许多生命表现的幽花，都是这绿荫烘托出来的。有浓红的，有淡白的，有不可名色的……

晚晴的绿荫，朝雾的绿荫，繁星下指点着的绿荫，月夜花棚秋千架下的绿荫！

感谢这曲曲屏山！它圈住了我许多思想。

第三个厚的圆片，不是大海，不是绿荫，是什么？我不知道！

假如生命是无味的，我不要来生。假如生命是有趣的，今生已是满足的了。

往事·黑暗

黑暗不是阴霾，我恨阴霾，我却爱黑暗。

在光明中，一切都显着了。黑是黑，白是白的，也有了树，也有了花，也有了红墙，也有了蓝瓦；便一切崭然，便有人，有我，有世界。

颂美黑暗！讴歌黑暗！只有黑暗能将这一切都消灭调和于虚空混沌之中；没有了人，没有了我，更没有了世界！

黑暗的园里，和华同坐。看不见她，也更看不见我，我们只深深地谈着。说到同心处，竟不知是我说的，还是她说的，入耳都是天乐一般——只在一阵风过，槐花坠落如雨的时候，我因着衣上的感觉和感觉的界限，才觉得“我”不是“她”，才觉得黑暗中仍有“我”的存在。

华在黑暗中递过一朵茉莉，说：“你戴上罢，随着花香，你纵然起立徘徊，我也知道你在何处。”——我无言地接了过来。

华妹呵，你终竟是个小孩子。槐花，茉莉，都是黑暗中最着迹的东西，在无人我的世界里，要拒绝这个！

往事·台上

场厅里四隅都黑暗了，只整齐的椅子，一行行地在阴沉沉的影儿里平列着。

我坐在尽头上近门的那一边，抚着锦衣，抚着绣带和冠缨凝想——心情复杂得很。

晚霞在窗外的天边，一刹浓红，一刹深紫，回光到屋顶上——

台上琴声作了。一圈的灯影里，从台侧的小门，走出十几个白衣彩饰，散着头发的安琪儿，慢慢地相随进来，无声地在台上练习着第一场里的跳舞。

我凝然地看着，潇洒极了，温柔极了，上下的轻纱的衣袖，和着铮铮的琴声，合拍地和着我心弦跳动，怎样的感人呵！

灯灭了，她们又都下去了，台上台下只我一人了。

原是叫我出来疏散休息着的，我却哪里能休息？我想……

一会儿这场里便充满了灯彩，充满了人声和笑语，怎知道剧前只为我一人的思考室呢？

在宇宙之始，也只有一个造物者，万有都整齐平列着。他凭在高阑，看那些光明使者，歌颂——跳舞。

到了宇宙之中，人类都来了，悲剧也好，喜剧也好，佯悲诡笑的演了几场。剧完了，人散了，灯灭了……一时沉黑，只有无穷无尽的寂寞！

一会儿要到台上，要说许多的话；憨稚的话，激昂的话，恋别的话……何尝是我要说的？但我既这样的上了台，就必须这样的说。我千辛万苦，冒进了阴惨的夜宫，经过了光明的天国，结果在剧中还是做了一场大梦。

印证到真的——比较的真的——生命道上，或者只是时间上久暂的分别罢了；但在无限之生里，真的生命的几十年，又何异于台上之一瞬？

我思路沉沉，我觉悟而又惆怅，场里更黑了。

台侧的门开了，射出一道灯光来——我也须下去了，上帝！这也是“为一大事出世”！

我走着台上几小时的生命的道路……

又乏倦地倚着台后的琴站着——幕外的人声，渐渐地远了，人们都来过了；悲剧也罢，喜剧也罢，我的事完了；从宇宙之始，到宇宙之终，也是如此，生命的道路走尽了！

看她们洗去铅华，卸去妆饰，无声地忙乱着。

满地的衣裳狼藉，金戈和珠冠杂置着。台上的仇敌，现在也拉着手说话；台上的亲爱的人，却东一个西一个地各忙自己的事。

我只看着——终竟是弱者呵！我爱这几小时如梦的生命！

我抚着头发，抚着锦衣……“生命只这般的虚幻么？”

往事·谈海

每次拿起笔来，头一件事忆起的就是海。我嫌太单调了，常常因此搁笔。

每次和朋友们谈话，谈到风景，海波又侵进谈话的岸线里，我嫌太单调了，常常因此默然，终于无语。

一次和弟弟们在院子里乘凉，仰望天河，又谈到海。我想索性今夜彻底地谈一谈海，看词锋到何时为止，联想至何处为极。

我们说着海潮，海风，海舟……最后便谈到海的女神。

涵说："假如有位海的女神，她一定是'艳如桃李，冷若冰霜'的。"我不觉笑问："这话怎讲！"

涵也笑道："你看云霞的海上，何等明媚；风雨的海上，又是何等的阴沉！"

杰两手抱膝凝听着，这时便运用他最丰富的想象力，指点着说：“她……她住在灯塔的岛上，海霞是她的扇旗，海鸟是她的侍从；夜里她曳着白衣蓝裳，头上插着新月的梳子，胸前挂着明星的璎珞；翩翩地飞行于海波之上……”

楫忙问：“大风的时候呢？”杰道：“她驾着风车，狂飙疾转地在怒涛上驱走；她的长袖拂没了许多帆舟。下雨的时候，便是她忧愁了，落泪了，大海上一切都低头静默着。黄昏的时候，霞光灿然，便是她回波电笑，云发飘扬，丰神轻柔而潇洒……”

这一番话，带着画意，又是诗情，使我神往，使我微笑。

楫只在小椅子上，挨着我坐着，我抚着他，问：“你的话必是更好了，说出来让我们听听！”他本静静地听着，至此便抱着我的臂儿，笑道：“海太大了，我太小了，我不会说。”

我肃然——涵用折扇轻轻地击他的手，笑说：“好一个小哲学家！”

涵道：“姊姊，该你说一说了。”我道：“好的都让你们说尽了——我只希望我们都像海！”

杰笑道：“我们不配做女神，也不要‘艳如桃李，冷若冰霜’的。”

他们都笑了——我也笑说：“不是说做女神，我希望我们都做个‘海化’的青年。像涵说，海是温柔而沉静。杰说的，海是超绝而威严。楫说的更好了，海是神秘而有容，也是虚怀，也是广博……”

我的话太乏味了，楫的头渐渐地从我臂上垂下去，我扶住了，回身轻轻地将他放在竹榻上。

涵忽然说：“也许是我看的书太少了，中国的诗里，咏海的真是不多；可惜这么一个古国，上下数千年，竟没有一个‘海化’的诗人！”

从诗人上，他们的谈锋便转移到别处去了——我只默默地守着楫坐着，刚才的那些话，只在我心中，反复地寻味——思想。

往事·入梦

一年三百六十五天，有许多可纪的事；一年三百六十五夜，更有许多可纪的梦。

在梦中常常是神志湛然，飞行绝迹，可以解却许多白日的尘机烦虑。更有许多不可能的，意外的遨游，可以突兀实现。

一个春夜：梦见忽然在一个长廊上徐步，一带的花竹阑干，阑外是水。廊上近水的那一边，不到五步，便放着一张小桌子，用花边的白布罩着，中间一瓶白丁香花，杂着玫瑰，旁边还错落地摆着杯盘。望到廊的尽处，几百张小桌子，都是一样的。好像是有什么大集会，候客未来的光景。

我不敢久驻，轻轻地走过去。廊边一扇绿门，徐徐推开，又换了一番景致，长廊上的事，一概忘了。

门内是一间书室，尽是藤榻竹椅，地上铺着花席。一个女子，近窗写着字，我仿佛认得是在夏令会里相遇的谁家姊妹之一。

我们都没有说什么，我也未曾向她谢擅入的罪，似乎我们又是约下的。这时门外走进她的妹妹来，笑着便带我出去。

走过很长的甬道，两旁柱上挂着许多风景片，也都用竹框嵌着，道旁遮满了马缨花。

出了一个圆门——便是梦中意识的焦点，使我醒后能带挈着以上的景致，都深忆不忘的——到了门外只见一望无边蔚蓝欲化的水。

这一片水：不是湖，也不是海，比湖蔚蓝，比海平静，光艳得不可描画……不可描画！生平醒时和梦中所见的水，要以此为第一了！

一道柳堤将这水界开了，绿意直伸到水中去。堤上缓步行来。梦中只觉飘然，悠然，而又恍然！

走尽了长堤，到了青翠的小山边，一处层阶之下，听得堂上有人讲书。她家的姊姊忽然又在旁边，问我："你上去不？"我谢她说："不去罢，还是到水边好。"

一转身又只剩我自己了，这回却沿着水岸走。风吹着柳叶。附满了绿苔的石头，错杂地在细流里立着。水光浸透了我沉醉的灵魂……

帘子一声响，梦惊碎了！水光在我眼前漾了几漾，便一时散开了，荡化了！

张递过一封信，匆匆地便又出去。

我要留梦，梦已去无痕迹……

朦胧里拿起信来一看，却是琳在西湖寄我的一张明片。

晚上，我便寄她几行字：

姊姊！
清福便独享了罢，
何须寄我些春泛的新诗？
心灵里已是烦忙，
又添了未曾相识的湖山，
频来入梦！

往事·云色

我最怕夏天白日睡眠，醒时使人惆怅而烦闷。

无聊地洗了手脸，天色已黄昏了，到门外园院小立，抬头望见了一天金黄色的云彩——世间只有云霞最难用文字描写，心里融会得到，笔下却写不出。因为文字原是最着迹的，云霞却是最灵幻的，最不着迹的，徒唤奈何！

回身进到院里，隔窗唤涵递出一本书来，又到门外去读。

云彩又变了，半圆的月，渐渐地没入云里去了。低头看了一会子的书。听得笑声，从圆形的缘满豆叶的棚下望过去，杰和文正并坐在秋千上；往返地荡摇着，好像一幅活动的影片——光也从圆片上出现了，在后面替他们推送着。光夏天瘦了许多，但短发拂额，仍掩不了她的憨态。

我想随处可写，随时可写，时间和空间里开满了空灵清艳的花，以供慧心人的采撷，可惜慧心人写不出！

天色更暗了，书上的字已经看不见。云色又变了，从金黄色到暗灰色。轻风吹着纱衫，已是太凉了，月儿又不知哪里去了。

往事·我和芳

后楼上伴芳弹琴。忽然大雷雨——那些日子正是初离母亲过宿舍生活的时期。一连几天，都是好天气，同学们一起读书说笑，不觉把家淡忘了——但这时我心里突然地郁闷焦躁。

我站在琴旁，低头抚着琴上的花纹说："我们到前楼去罢！"芳住了琴劝我说："等止了雨再走，你看这么大的雨，如何走得下去；你先在一旁坐着，听我弹琴，好不好？"我无聊只得坐下。

雷声只管隆隆，雨声只管澎湃。天容如墨，窗内黑暗极了。我替芳开了琴旁的电灯，她依旧弹着琴，只抬头向我微微地笑了一笑。

她不注意我，我也不注意她——我想这时母亲在家里，也不知道做些什么？也许叫人卷起苇帘，挪开花盆，小弟弟们都在廊上拍手看雨……

想着，目注着芳的琴谱，忽然觉得纸上渐渐地亮起来。回头一看，雨已止了，夕阳又出来了，浮云都散了，奔走得很快。树上更绿了，蝉儿又带着湿声乱叫着。

我十分欢喜，过去唤芳说："雨住了，我们下去罢！"芳看一看壁上的钟，说："只剩一刻钟了，再容我弹两遍。"我不依，说："你不去，我自己去。"说着回头便走。她只得关上琴盖，将琴谱收在小柜子里，一面笑着："你这孩子真磨人！"

球场边雨水成湖，我们挨着墙边，走来走去。藤萝上的残滴，还不时地落下来，我们并肩站在水边，照见我们在天上云中的影子。

只走来走去地谈着，郁闷已没有了。那晚，我竟没有上夜堂去，只坐在秋千板上，芳攀着秋千索子，站在我旁边，两人直谈到夜深。

往事·墓田

精神上的朋友宛因，和我的通讯里，曾一度提到死后，她说："我只要一个白石的坟墓，四面矮矮的石阑，墓上一个十字架，再有一个仰天沉思的石像……这墓要在山间幽静处，丛树荫中，有溪水徐流，你一日在世，有什么新开的花朵，替我放上一两束，其余的人，就不必到那里去。"

我看完这一段，立时觉得眼前涌现了一幅清幽的图画。但是我想来想去……宛因呵，你还未免太"人间化"了！

何如脚儿赤着，发儿松松地挽着，躯壳用缟白的轻绡裹着，放在一个空明莹澈的水晶棺里，用纱灯和细乐，一叶扁舟，月白风清之夜，将这棺儿送到海上，在一片挽歌声中，轻轻地系下，葬在海波深处。

想象吊者白衣如雪，几只大舟，首尾相接，耀以红灯，绕以清乐，一簇地停在波心。何等凄清，何等苍凉，又是何等豪迈！

以万顷沧波作墓田，又岂是人迹可到？即使专诚要来瞻礼，也只能下俯清波，遥遥凭吊。

更何必以人间暂时的花朵，来娱悦海中永久的灵魂！看天上的乱星孤月，水面的晚烟朝霞，听海风夜奔，海波夜啸。

比新开的花，徐流的水，其壮美的程度相去又如何？

从此穆然，超然，在神灵上下，鱼龙竞逐，珊瑚玉树交枝回绕的渊底，垂目长眠：那真是数千万年来人类所未享过的奇福！

至此搁笔，神志洒然，忽然忆起少作走韵的“集龚”中有：“少年哀乐过于人，消息都妨父老惊；一事避君君匿笑，欲求缥缈反幽深。”——不觉一笑！

往事·飞鸿踏雪泥

那天大雪，郁郁黄昏之中，送一个朋友出山而去。绒绒的雪上，极整齐分明地镌着我们偕行的足印。独自归来的路上，偶然低首，看见洁白匀整的雪花，只这一瞬间，已又轻轻地掩盖了我们去时的踪迹——白茫茫的大地上，还有谁知道这一片雪下，一刹那前，有个同行，有个送别？

我的心因觉悟而沉沉地浸入悲哀！

苏东坡的：

人生到处如何似？
应似飞鸿踏雪泥——
泥上偶然留指爪，
鸿飞那复计东西！

…………

那几句还未曾说到尽头处，岂但鸿飞不复计东西？连雪泥上的指爪都是不得而留的……于是人生到处都是渺茫了！

生命何其实在？又何其飘忽？它如迎面吹来的朔风，扑到脸上时，明明觉得砭骨劲寒；它又匆匆吹过，飒飒地散到树林子里，到天空中，渺无来因去果，纵骑着快马，也无处追寻。

原也是无聊，而薄纸存留的时候，或者比时晴的快雪长久些——今日不乐，松涛细响之中，四面风来的山亭上，又提笔来写《往事》。生命的历史一页一页地翻下去，渐渐翻近中叶，页页佳妙，图画的色彩也加倍的鲜明，动摇了我的心灵与眼目。这几幅是造物者的手迹。他轻描淡写了，又展开在我眼前；我瞻仰之下，加上一两笔点缀。

点缀完了，自己看着，似乎起了感慨，人生经得起追写几次的往事？生命刻刻消磨于把笔之顷……

这时，青山的春雨已洒到松梢了！

往事·今夜

今夜，林中月下的青山，无可比拟！仿佛万一，只能说是似娟娟的静女，虽是照人的明艳，却不飞扬妖冶；是低眉垂袖，璎珞矜严。

流动的光辉之中，一切都失了正色：松林是一片浓黑的，天空是莹白的，无边的雪地，竟是浅蓝色的了。这三色衬成的宇宙，充满了凝静，超逸与庄严；中间流溢着满空幽哀的神意，一切言词文字都丧失了，几乎不容凝视，不容把握！

今夜的林中，决不宜于将军夜猎——那从骑杂沓，传叫风生，会踏毁了这平整匀纤的雪地；朵朵的火燎，和生寒的铁甲，会缭乱了静冷的月光。

今夜的林中，也不宜于燃枝野餐——火光中的喧哗欢笑，杯盘狼藉，会惊起树上稳栖的禽鸟；踏月归去，数里相和的歌声，会叫破了这如怨如慕的诗的世界。

今夜的林中，也不宜于爱友话别，叮咛细语——凄意已足，语音已微；而抑郁缠绵，作茧自缚的情绪，总是太“人间的”了，对不上这晶莹的雪月，空阔的山林。

今夜的林中，也不宜于高士徘徊，美人掩映——纵使林中月下，有佳句可寻，有佳音可赏，而一片光雾凄迷之中，只容意念回旋，不容人物点缀。

我倚枕百般回肠凝想，忽然一念回转，黯然神伤……

今夜的青山只宜于这些女孩子，这些病中倚枕看月的女孩子！

假如我能飞身月中下视，依山上下曲折的长廊，雪色侵围阑外，月光浸着雪净的衾绸，逼着玲珑的眉宇。这一带长廊之中：万籁俱绝，万缘俱断，有如水的客愁，有如丝的乡梦，有幽感，有彻悟，有祈祷，有忏悔，有万千种话……

山中的千百日，山光松影重叠到千百回，世事从头减去，感悟逐渐侵来，已滤就了水晶般清澈的襟怀。这时纵是顽石的钝根，也要思量万事，何况这些思深善怀的女子？

往者如观流水——月下的乡魂旅思，或在罗马故宫，颓垣废柱之旁；或在万里长城，缺堞断阶之上；或在约旦河边，或在麦加城里；或超渡莱茵河，或飞越落基山；有多少魂销目断，是耶非耶？只她知道！

来者如仰高山——久久地徘徊在困弱道途之上，也许明日，也许今年，就揭卸病的细网，轻轻地试叩死的铁门！

天国泥犁，任她幻拟：是泛入七宝莲池？是参谒白玉帝座？是欢悦？是惊怯？有天上的重逢，有人间的留恋，有未成而可成的事功，有将实而仍虚的愿望；岂但为我？牵及众生，大哉生命！

这一切，融合着无限之生一刹那顷，此时此地的，宇宙中流动的光辉，是幽忧，是彻悟，都已宛宛氤氲，超凡入圣——

万能的上帝，我诚何福？我又何辜？……

V

尽思量不若不思量

人生的道路，到底是平坦的少，崎岖的多。

在平坦的路上，携手同行的时候，周围有温暖的春风，头上有明净的秋月。两颗心充分地享乐着宁静柔畅的『琴瑟和鸣』的音乐。

在坎坷的路上，扶掖而行的时候，要坚忍地咽下各自的冤抑和痛苦，在荆棘遍地的路上，互慰互勉，相濡以沫。

无家乐

家，是多么美丽甜柔的一个名词：

征人游子，一想到家，眼里会充满了眼泪，心头会起一种甜酸杂糅的感觉。这种描写，在中外古今的文里，不知有多少，且不必去管它。

但是“家”，除开了情感的分子，他那物质方面，包罗的可真多了：上自父母子女，下至鸡犬猫猪；上自亭台池沼，下至水桶火盆，油瓶盐罐，都是“家”之部分，所以说到管家，哪一个主妇不皱眉？一说到搬家，哪一个主妇不头痛？

在下雨或雨后的天，常常看见蜗牛拖着那粘软的身体，在那凝涩潮湿的土墙上爬，我对它总有一种同情，一番怜悯！这正是一个主妇的象征！

蜗牛的身体，和我们的感情是一样的，绵软又怯弱。它需要一个厚厚的壳常常要没头没脑地钻到里面去，去求安，去取暖。这厚厚的壳，便是由父母子女，油瓶盐罐所组织成的那个沉重而复杂的家！结果呢，它求安取暖的时间很短，而背拖着这厚壳，咬牙蠕动的时候居多！

新近因为将有远行，便暂时把我的家解散了，三个孩子分寄在舅家去，自己和丈夫借住在亲戚或朋友的家中，东家眠，西家吃，南京、上海、北平地乱跑，居然尝到了二十年来所未尝到的自由新鲜的滋味，那便是无家之乐。

古人说“无官一身轻”，这人是一个好官！他把做官当作一种责任，去了官，卸了责任，他便一身轻快，羽化而登仙。我们是说“无家一身轻”，没有了家，也没有了责任，不必想菜单，不必算账，不必洒扫，不必……哎哟，“不必”的事情就数不清了。这时，你觉得耳朵加倍清晰，眼睛加倍发亮，脑筋加倍灵活，没事想找事做。

于是平常你听不见的声音，也听见了；平常看不出的颜色，也看出了；平常想不起的人物和事情，也一齐想起了；多热闹，多灿烂，多亲切，多新鲜？

这次回到南京来，觉得南京之秋，太可爱可怜了，天空蓝得几乎赶得上北平，每天夜里的星星和月亮，都那么清冷晶莹的，使人屏息，使人低首。早晨起来，睁眼看见纱窗外一片蓝空，等不了扣好衣纽，便逼得人跑到门外去：在那蒙着一层微霜的纤草地上，自在疏情地躺着十几片稀落的红黄的大枫叶，垂柳在风中快乐地摇曳，池里的凤尾红鱼在浮萍中间自由唼喋着，看见人来，泼剌地便游沉下去了。

这一天便这样自由自在地开始。

我的朋友们，都住在颐和路一带，早起就开始了颐和路的巡礼，为着访友，为着吃饭，这颐和路一天要走七八遭。我曾笑对朋友说，将来南京市府要翻修颐和路的时候，我要付相当的修理费的，因为我走得太多了。

朋友们的气味，和我大都相投，谈起来十分起劲，到了快乐和伤心的时候，都可以掉下眼泪，也有时可以深到忍住眼泪。本来么，这八九年来，世界，国家和个人的大变迁，做成了多少悲欢离合的事情，多少甜酸苦辣的情感。这九年的光阴，把我们从“蒙昧”的青春，推到了“了解”的中年，把往事从头细说，分析力和理会力都加强了，忽然感到了九年前所未感觉到的悲哀和矛盾——但在这悲哀和矛盾中，也未尝没有从前所未感觉到的宁静和自由。

谈够了心，忽然想出去走走，于是一窝蜂似地又出去了。我们发现玄武湖上，凭空添出了八个幽静清雅的角落，这里常常是没有人，或者是一两个无事忙的孩子，占住这小亭或小桥的一角。这广大的水边，一洗去车水船龙的景象，把晴空万里的天，耀眼生花的湖水，浓纤纤的草地，静悄悄的楼台，都交付了我们这几个闲人。我们常常用宝爱珍惜的心情走了进来，又用留恋不舍的心情走了出去。

不但玄武湖上多出许多角落，连大街上也多出无数五光十色、眩目夺人的窗户。货色是件件便宜，样样新鲜！好久不开发家用了，仿佛口袋里的钱，总是用不完，于是东也买点，西也买点，送人也好，留着也好，充分享受了任意挥霍的快感。当我提着、夹着、捧着一大堆东西，飘飘然回到寓所的时候，心中觉得我所喜欢的不是那些五光十色的糖果，乃是这糖果后面一种挥霍的快乐。

还有种种纸牌戏：十年前我是决不玩的，觉得这是耗时伤神的事情。抗战以后，在寂寞困苦的环境中，没有了其他户外的娱乐，纸牌就成为唯一的游戏。到了重庆，在空袭最猛烈的季节，红球挂起，警报来到，把孩子送下防空洞，等待紧急警报的时间也常常摊开纸牌，来松弛大家紧张的心情。但那还是拿玩牌当作一种工具，如平常大学教授之“卫生牌”，来调和实验室里单调的空气。这次玩牌却又不同了，仿佛我是度一个特别放纵的假期，横竖夜里无须早睡，早晨无须早起，想病就病，想歇就歇，于是六七天来，差不多天天晚上有几个朋友，边笑边谈，一边是有天没日地玩着种种从未玩过的纸牌花样。

这无家之乐，还在绵延之中，我们还在计算着在远行之前，挤出两三天去游山玩水……但我已有了一种隐稳寂寞的感觉！记得幼年在私塾时期，从年夜晚起，锣鼓喧天地直玩到正月十五，等到月上柳梢，一股寂寞之感，猛然袭来，真是“道场散了”！一会儿就该烧灯睡觉，在冷冷的被窝中，温理这十五天来昏天黑地的快乐生涯，明天起再准备看先生的枯皱无情的脸，以及书窗外几枝疏落僵冷的梅花。

上帝创造蜗牛时候，就给它背上一个厚厚的壳，肯背也罢，不肯背也罢，它总得背着那厚壳在蠕动。一来二去的，它对这厚壳，发生了情感。没有了这壳，它虽然暂时得到了一种未经验过的自由，而它心中总觉得反常，不安逸！

我所要钻进去的那一个壳，是远在海外的东京。和以前许多的壳一样，据说也还清雅，再加上我的稳静的丈夫，和娇憨的小女，为求安取暖，还是不差！

是壳也罢，不是壳也罢，“家”是多么美丽甜柔的一个“名词”！

我的祖父

关于我的祖父，我在许多短文里，已经写过不少了。但还有许多小事，趣事，是常常挂在我的心上。

我和他真正熟悉起来，还是在我十一岁那年回到故乡福州那时起，我差不多整天在他身边转悠！我记得他闲时常到城外南台去访友，这条路要过一座大桥，一定很远，但他从来不坐轿子。他还说他一路走着，常常遇见坐轿子的晚辈，他们总是赶紧下轿，向他致敬。因此他远远看见迎面走来的轿子，总是转过头去，装作看街旁店里的东西，免得人家下轿。他说这些年来，他只坐过两次轿子：一次是他手里捧着一部曲阜圣迹图（他是福州尊孔兴文会的会长），他觉得把圣书夹在腋下太不恭敬了，就坐了轿子捧着回来；还有一次是他的老友送给他一只小狗，他不能抱着它走那么长的路，只好坐了轿子。祖父给这只小狗起名叫“金狮”。我看到它时，已是一只大狗了。我握着它的前爪让它立起来时，它已和我一般高了，周身是金灿灿的发亮的黄毛。它是一只看家的好狗，熟人来了，它过去闻闻就摇起尾来，有时还用后腿站起，抬起前爪扑到人家胸前。生人来了，它就狂吠不止，让一家人都警惕起来。祖父身体极好，但有时会头痛，头痛起来就静静地躺着，这时全家人都静悄起来了，连金狮都被关到后花园里。我记得母亲静悄悄地给祖父下了一碗挂面，放在厨房桌上，四叔母又静悄悄地端起来，放在祖父床前的小桌上，旁边还放着一小碟子“苏苏”熏鸭。这“苏苏”是人名，也是福州鼓楼一间很有名的熏鸭店名。这熏鸭一定很贵，因为我们平时很少买过。

祖父对待孙女们一般比孙子们宽厚，我们犯了错误，他常常“视而不见”地让它过去。我最记得我和我的三姐（她是四叔母的女儿，和我同岁）常常给祖父“装烟”，我们都觉得从他嘴里喷出来的水烟，非常好闻。于是在一次他去南台访友，走了以后（他总是扣上前房的门，从后房走的），我们仍在他房里折叠他换下的衣衫。料想这时断不会有人来，我们就从容地拿起水烟袋，吹起纸煤，轮流吸起烟来，正在我们呛得咳嗽的时候，祖父忽然又从后房进来了，吓得我们赶紧放下水烟袋，拿起他的衣衫来乱抖乱拂，想抖去屋里的烟雾。祖父却没有说话，也没有笑，拿起书桌上的眼镜盒子，又走了出去。我们的心怦怦地跳着，对面苦笑了半天，把祖父的衣衫叠好，把后房门带上出来。这事我们当然不敢对任何人说，而祖父也始终没有对任何人说过我们这件越轨的举动。

祖父最恨赌博，即使是岁时节庆，我们家也从来听不见搓麻将、掷骰子的声音。他自己的生日，是我们一家最热闹的日子了，客人来了，拜过寿后，只吃碗寿面。至亲好友，就又坐着谈话，等着晚上的寿席，但是有麻将癖的客人，往往吃过寿面就走了，他们不愿意坐谈半天的很拘束的客气话。

在我们大家庭里，并不是没有麻将牌的。四叔母屋里就有一副很讲究的象牙麻将牌。我记得在我回福州的第二年，我父亲奉召离家的时候，我因为要读完女子师范的第二个学期，便暂留了下来，母亲怕我们家里的人会娇惯我，便把我寄居在外婆家。但是祖父常常会让我的奶娘（那时她在祖父那里做短工）去叫我。她说："莹官，你爷爷让你回去吃龙眼。他留给你吃的那一把龙眼，挂在电灯下面的，都烂掉得差不多了！"那时正好我的三堂兄良官，从小在我家长大的，从兵舰上回家探亲，我就和他还有二伯母屋里的四堂兄枢官，以及三姐，在夜里九点祖父睡下之后，由我出面向四叔母要出那副麻将牌来，在西院的后厅打了起来。打着打着，我忽然拼够了好几副对子，和了一副"对对和"！我高兴得拍案叫了起来。这时四叔母从她的后房急急地走了出来，低声地喝道："你们胆子比天还大！四妹，别以为爷爷宠你，让他听见了，不但从此不疼你了，连我也有了不是，快快收起来吧！"我们吓得喏喏连声，赶紧把牌收到盒子里送了回去。

这些事，现在一想起来就很内疚，我不是祖父想象里的那个乖孩子，离了他的眼，我就是一个既淘气又不守法的"小家伙"。

我的父亲

关于我的父亲，零零碎碎地我也写了不少了。我曾多次提到，他是在“威远”舰上，参加了中日甲午海战。但是许多朋友和读者都来信告诉我，说是他们读了近代史，“威远”舰并没有参加过海战。那时“威”字排行的战舰很多，一定是我听错了，我后悔当时我没有问到那艘战舰舰长的名字，否则也可以对得出来。但是父亲的确在某一艘以“威”字命名的兵舰上参加过甲午海战，有诗为证！

记得在1914—1915年之间，我在北京中剪子巷家里客厅的墙上，看到一张父亲的挚友张心如伯伯（父亲珍藏着一张“岁寒三友”的相片，这三友是父亲和一位张心如伯伯，一位萨幼洲伯伯。他们都是父亲的同学和同事。我不知道他们的大名，“心如”和“幼洲”都是他们的别号）贺父亲五十寿辰的七律二首，第一首的头两句我忘了：

×××××××
×××××××
东沟决战甘前敌，
威海逃生岂惜身。
人到穷时方见节，
岁当寒后始回春。
而今乐得英才育，
坐护皋比士气伸。

第二首说的都是谢家的典故，没什么意思，但是最后两句，点出了父亲的年龄：

乌衣门第旧冠裳，
想见阶前玉树芳。
希逸有才工月赋，
惠连入梦忆池塘。
出为霖雨东山望，
坐对棋枰别墅光。
莫道假年方学易，
平时诗礼已闻亢。

从第一首诗里看来，父亲所在的那艘兵舰是在大东沟“决战”的，而父亲是在威海卫泅水“逃生”的。

提到张心如伯伯，我还看到他给父亲的一封信，大概是父亲在烟台当海军学校校长的时期（父亲书房里有一个书橱，中间有两个抽屉，右边那个，珍藏着许多朋友的书信诗词，父亲从来不禁止我去翻看）。信中大意说父亲如今安下家来，生活安定了，母亲不会再有“会少离多”的怨言了，等等。中间有几句说：“秋分白露，佳话十年，会心不远，当笑存之。”我就去问父亲：“这佳话十年，是什么佳话？”父亲和母亲都笑了，说那时心如伯伯和父亲在同一艘兵舰上服役。海上生活是寂寞而单调，因此每逢有人接到家信，就大家去抢来看。当时的军官家属，会亲笔写信的不多，母亲的信总会引起父亲同伴的特别注意。有一次母亲信中提到“天气”的时候，引用了民间谚语：“白露秋分夜，一夜冷一夜”，大家看了就哄笑着逗着父亲说：“你的夫人想你了，这分明是‘鸳鸯瓦冷霜华重，翡翠衾寒谁与共’的意思！”父亲也只好红着脸把信抢了回去。从张伯伯的这封信里也可以想见当年长期在海上服务的青年军官们互相嘲谑的活泼气氛。

就是从父亲的这个书橱的抽屉里，我还翻出萨镇冰老先生的一首七绝，题目仿佛是《黄河夜渡》：

晓发××尚未寒，
夜过荥泽觉衣单。
黄河桥上轻车渡，
月照中流好共看。

父亲盛赞这首诗的末一句，说是“有大臣风度”，这首诗大概是作于清末民初，萨老先生当海军副大臣的时候，正大臣是载洵贝勒。

我的小舅舅

我的小舅舅杨子玉先生，是我的外叔祖父杨颂岩老先生的儿子。外叔祖先有三个女儿，晚年得子，就给他起名叫喜哥，虽然我的三位姨母的名字并不是福、禄、寿！我们都叫他喜舅。他是我们最喜爱的小长辈。他从不腻烦小孩子，又最爱讲故事，讲得津津有味，似乎在讲故事中，自己也得到最大的快乐。

他在唐山路矿学校读书的时候，夏天就到烟台来度假，这时我们家就热闹起来了。他喜欢喝酒，母亲每晚必给他预备一瓶绍兴和一点下酒好菜。父亲吃饭是最快的，他还是按着几十年前海军学堂的习惯，三分钟内就把饭吃完，离桌站起了。可是喜舅还是慢慢地啜，慢慢地吃，还总是把一片笋或一朵菜花，一粒花生翻来覆去地夹着看，不立时下箸。母亲就只好坐在桌边陪他。他酒后兴致最好，这时等在桌边的我们，就哄围过来，请他讲故事。现在回想起来，他总是先从笑话或鬼怪故事讲起，最后也还是讲一些同盟会的宣传推翻清廷的故事。他假满回校，还常给我们写信，也常寄诗。我记得他有《登万里长城》一首：

划地界夷华，
秦王计亦差。
怀柔如有道，
胡越可为家。

安用驱丁壮，
翻因起怨嗟。
而今凭吊处，
不复有鸣笳。

还有一首《日夜寄内》，那是他结婚后之作，很短，以他的爱人的口气写的。

之子不归来，
楼头空怅望。
新月来弄人，
幻出刀环样。

我在中学时代，他正做着铁路测量工作，每次都是从北京出发，因此他也常到北京来。他一离开北京，就由我负责给他寄北京的报纸，寄到江西萍乡等地。测量途中，他还常寄途中即景的诗，我只记得一两句，如

瘦牛伏水成奇石

他在北京等待任务的时间，十分注意我的学习。他还似乎有意把我培养成一个“才女”。他鼓励我学写字，给我买了许多字帖，还说要先学“颜”，以后再转学“柳”、学“赵”。又给我买了许多颜料和画谱，劝我学画。他还买了很讲究的棋盘和黑白棋子，教我下围棋，说是“围棋不难下，只要能留得一个不死的口子，就输不了”。他还送我一架风琴，因此我初入贝满中学时，还交了学琴的费。但我只学了三个星期就退学了，因为我一看见练习指法的琴谱，就头痛。总之，我是个好动的、坐不住的孩子，身子里又没有音乐和艺术的细胞！和琴、棋、书、画都结不上因缘。喜舅给我买的许多诗集中，我最不喜欢《随园女弟子诗集》，而我却迷上了龚定庵、黄仲则[①]和纳兰成德[②]。

① 黄仲则（1749—1783），清代诗人。
② 纳兰成德，即纳兰性德。

二十年代初期，喜舅就回到福建的建设厅去工作了，我也入了大学，彼此都忙了起来，通信由稀疏而渐渐断绝。总之，他在我身上“耕耘”最多，而“收获”最少，我辜负了他，因为他在自己的侄子们甚至于自己的儿子身上，也没有操过这么多的心！

这里应该补上一段插曲。一九一一年，我们家回到福州故乡的时候，喜舅已先我们回去了。他一定参与了光复福建之役。我只觉得他和他的朋友们——都是以后到我北京家里来过，在父亲书斋里长谈的那些人——仿佛都忙得很，到我家来，也很少找我们说笑。有时我从“同盟会”门口经过——我忘了是什么巷，大约离我们家不远——常见他坐在大厅上和许多人高谈阔论。他和我的父亲对当时的福建都督彭寿松都很不满，说是“换汤不换药”。我记得那时父亲闲着没事，就用民歌“耿间祭”的调子，编了好几首讽刺彭寿松的歌子。喜舅来了，就和我们一同唱着玩，他说是“出出气”！这些歌子我一句也不记得了，《耿间祭》的原歌也有好几首，我倒记得一首，虽然还不全。这歌是根据《孟子》的离娄章里“齐人有一妻一妾……”的故事，这妻妾发现齐人是到耿间乞食，回来却骄傲地自诩是到富贵人家去赴宴，她们就“羞泣”地唱了起来。调子很好听，我听了就忘不了！这首是妻唱的：

移步出家庭

×××××

家家插柳，时节值清明
出东门好一派水秀山明
哎呵，对景倍伤情！

第二首是妾唱的，情绪就好得多！说什么“昨夜灯前，细（？）踏青鞋”。一提起《耿间祭》，又把许多我在故乡学唱闽歌的往事，涌到心上来了。

我的老伴——吴文藻（一）

一九二三年八月十七日，美国邮船杰克逊号，从上海启程直达美国西岸的西雅图。这一次船上的中国学生把船上的头等舱位住满了。其中光是清华留美预备学校的学生就有一百多名，因此在横渡太平洋两星期的光阴，和在国内上大学的情况差不多，不同的就是没有课堂生活，而且多认识了一些朋友。

我在贝满中学时的同学吴搂梅——已先期自费赴美——写信让我在这次船上找她的弟弟、清华学生——吴卓。我到船上的第二天，就请我的同学许地山去找吴卓，结果他把吴文藻带来了。问起名字才知道找错了人！那时我们几个燕大的同学正在玩丢沙袋的游戏，就也请他加入，以后就倚在船栏上看海闲谈。我问他到美国想学什么？他说想学社会学。他也问我，我说我自然想学文学，想选修一些英国十九世纪诗人的功课。他就列举几本著名的英美评论家评论拜伦和雪莱的书，问我看过没有？我却都没有看过。他说：“你如果不趁在国外的时间，多看一些课外的书，那么这次到美国就算是白来了！”他的这句话深深地刺痛了我！我从来还没有听见过这样的逆耳的忠言。我在出国前已经开始写作，诗集《繁星》和小说集《超人》都已经出版。这次在船上，经过介绍而认识的朋友，一般都是客气地说“久仰、久仰”，像他这样首次见面，就肯这样坦率地进言，使我悚然地把他作为我的第一个诤友、畏友！

这次船上的清华同学中，还有梁实秋、顾一樵[①]等对文艺有兴趣的人，他们办了一张《海啸》的墙报。我也在上面写过稿，也参加过他们的座谈会。这些事文藻都没有参加，他对文艺似乎没有多大的兴趣，和我谈话时也从不提到我的作品。

船上的两星期，流水般过去了。临下船时，大家纷纷写下住址，约着通信。他不知道我到波士顿的威尔斯利女子大学研究院入学后，得到许多同船的男女朋友的信函，我都只用威校的风景明片写了几句应酬的话回复了，只对他，我是写了一封信。

他是一个酷爱读书和买书的人，每逢他买到一本有关文学的书，自己看过就寄给我。我一收到书就赶紧看，看完就

① 顾毓琇（1902—2002），字一樵，著名教育家、科学家。

写信报告我的体会和心得，像看老师指定的参考书一样的认真。老师和我作课外谈话时，对于我课外阅读之广泛，感到惊奇，问我是谁给我的帮助？我告诉她，是我的一位中国朋友。她说：“你的这位朋友是个很好的学者！”这些事我当然没有告诉文藻。

我入学不到九个星期就旧病——肺气支扩大——复发，住进了沙穰疗养院。那时威校的老师和中美同学以及在波士顿的男同学们都常来看我。文藻在新英格兰东北的新罕布什州的达特默思学院[1]的社会学系读三年级——清华留美预备学校的最后二年，相当于美国大学二年级——新罕布什州离波士顿很远，大概要乘七八个小时的火车。我记得一九二三年冬，他因到纽约度年假，路经波士顿，曾和几位在波士顿的清华同学来慰问过我。一九二四年秋我病愈复学。一九二五年春在波士顿的中国学生为美国朋友演《琵琶记》，我曾随信给他寄了一张入场券。他本来说功课太忙不能来了，还向我道歉。但在剧后的第二天，到我的休息处——我的美国朋友家里——来看我的几个男同学之中，就有他！

一九二五年的夏天，我到绮色佳的康耐尔大学[2]的暑期学校补习法文，因为考硕士学位需要第二外国语。等我到了康耐尔，发现他也来了，事前并没有告诉我，这时只说他大学

① 即达特茅斯学院。
② 即康奈尔大学。

毕业了，为读硕士也要补习法语。这暑期学校里没有别的中国学生，原来在康耐尔学习的，这时都到别处度假去了。绮色佳是一个风景区，因此我们几乎每天课后都在一起游山玩水，每晚从图书馆出来，还坐在石阶上闲谈。夜凉如水，头上不是明月，就是繁星。到那时为止，我们信函往来，已有了两年的历史了，彼此都有了较深的了解，于是有一天在湖上划船的时候，他吐露了愿和我终身相处。经过了一夜的思索，第二天我告诉他，我自己没有意见，但是最后的决定还在于我的父母，虽然我知道只要我没意见，我的父母是不会有意见的！

一九二五年秋，他入了纽约哥伦比亚大学，离波士顿较近，通信和来往也比较频繁了。我记得这时他送我一大盒很讲究的信纸，上面印有我的姓名缩写的英文字母。他自己几乎是天天写信，星期日就写快递，因为美国邮局星期天是不送平信的，这时我的宿舍里的舍监和同学们都知道我有个特别要好的男朋友了。

一九二五年冬，我的威校同学王国秀，毕业后升入哥伦比亚大学的，写信让我到纽约度假。到了纽约，国秀同文藻一起来接我。我们在纽约玩得很好，看了好几次莎士比亚的戏。

一九二六年夏，我从威校研究院取得了硕士学位，应邀回母校燕大任教。文藻写了一封很长的信，还附了一张相片，让我带回国给我的父母。我回到家还不好意思面交，只在一天夜里悄悄地把信件放在父亲床前的小桌上。第二天，父母亲都没有提到这件事，我也更不好问了。

一九二八年冬，他在哥伦比亚大学得了博士学位，还得到哥校“最近十年内最优秀的外国留学生”奖状。他取道欧洲经由苏联，于一九二九年初到了北京。这时他已应了燕大和清华两校教学之聘，燕大还把在燕南园兴建的一座小楼，指定给我们居住。

那时我父亲在上海海道测量局任局长。文藻到北京不几天就回到上海，我的父母很高兴地接待了他，他在我们家住了两天，又回他江阴老家去。从江阴回来，就在我家举行了简单的订婚仪式。

年假过后，一九二九年春，我们都回到燕大教学，我在课余还忙于婚后家庭的一切准备。他呢，除了请木匠师傅在楼下他的书房的北墙，用木板做一个“顶天立地”的大书架之外，只忙于买几张半新的书橱，卡片柜和书桌等等，把我们新居的布置装饰和庭院栽花种树，全都让我来管。

我们的婚礼是在燕大的临湖轩举行的，一九二九年六月十五日是个星期六。婚礼十分简单，客人只有燕大和清华两校的同事和同学，那天待客的蛋糕、咖啡和茶点，我记得只用去三十四元！

新婚之夜是在京西大觉寺度过的。那间空屋子里，除了自己带去的两张帆布床之外，只有一张三条腿的小桌子——另一只脚是用碎砖垫起的。两天后我们又回来分居在各自的宿舍里，因为新居没有盖好，学校也还没有放假。

暑假里我们回到上海和江阴省亲。他们为我们举办的婚宴，比我们在北京自己办的隆重多了，亲友也多，我们把收来的许多红幛子，都交给我们两家的父母，作为将来亲友喜庆时还礼之用。

朋友们都劝我们到杭州西湖去度蜜月，可是我们只住了一天就热坏了，夏天的西湖就像蒸锅一般！那时刘放园表兄一家正在莫干山避暑，我们被邀到莫干山住了几天。文藻惦记着秋后的教学，我惦念着新居的布置，在假满之前，匆匆地又回到了北京。关于这一段，我在《第一次宴会》那篇小说里曾描写过。

上课后，文藻就心满意足地在他的书房里坐了下来，似乎从此就可以过一辈子的备课、教学、研究的书呆子生活了。

一九三〇年是我们两家的多事之秋，我的母亲和文藻的父亲相继逝世。他的母亲就北上和我们同住，我的父亲不久也退休回到北京来。这时我的二弟为杰已升入燕大，他的妹妹剑群也入了燕大读家政系。他们都住在宿舍，却都常回来。我没有姐妹，文藻没有兄弟，这时双方都觉得有了补偿。

这里不妨插进一件趣事。一九二三年我初到美国，花了五块美金，照了一两张相片，寄回国来，以慰我父母想念之情。那张大点的相片，从我母亲逝世后文藻就向我父亲要来，放在他的书桌上，我问他："你真的每天要看一眼呢，还只是一件摆设？"他笑说："我当然每天要看了。"有一天我趁他去上课，把一张影星阮玲玉的相片，换进相框里，过了几天，他也没理会。后来还是我提醒他："你看桌上的相片是谁的？"他看了才笑着把相片换了下来，说："你何必开这样的玩笑？"还有一次是一个阳光灿烂的春天上午，我们都在楼前赏花，他母亲让我把他从书房里叫出来。他出来站在丁香树前目光茫然地又像应酬我似的问："这是什么花？"我忍笑回答："这是香丁。"他点了点头说："呵，香丁。"大家听了都大笑起来。

婚后的几年，我仍在断断续续地教学，不过时间减少了。一九三一年二月，我们的儿子吴平出世了。一九三五年五月我们又有了一个女儿——吴冰。我尝到了做母亲的快乐和辛苦。我每天早晨在特制的可以折起的帆布高几上，给孩子洗澡。我们的弟妹和学生们，都来看过，而文藻却从来没有上楼来分享我们的欢笑。

在燕大教学的将近十年的光阴，我们充分地享受了师生间亲切融洽的感情。我们不但有各自的学生，也有共同的学生。我们不但有课内的接触，更多的是课外的谈话和来往。学生们对我们倾吐了许多生活里的问题：婚姻，将来的专业等等，能帮上忙的，就都尽力而为，文藻侧重的是选送学社会学的研究生出国深造的问题。

在一九三五至一九三六年，文藻休假的一年，我同他到欧美转了一周。他在日本、美国、英国、法国，到处寻师访友，安排了好几个优秀学生的入学从师的问题。他在自传里提到说："我对于哪一个学生，去哪一个国家，哪一个学校，跟谁为师和吸收哪一派理论和方法等问题，都大体上作了具体的、有针对性的安排。"因此在这一年他仆仆于各国各大学之间的时候，我只是到处游山玩水，到了法国，他要重到英国的牛津和剑桥学习"导师制"，我却自己在巴黎住了悠闲的一百天！

一九三七年六月底，我们取道西伯利亚回国，一个星期后，"七七事变"便爆发了！

我的老伴——吴文藻（二）

“七七事变”以后几十年生活的回忆，总使我胆怯心酸，不能下笔——说起我和文藻，真是“隔行如隔山”，他整天在书房里埋头写些什么，和学生们滔滔不绝地谈些什么，我都不知道。他那“顶天立地”的大书架摞着的满满的中外文的社会学、人类学的书，也没有引起我去翻看的勇气。要评论他的学术和工作，还是应该看他的学生们写的记述和悼念他的文章，以及他在一九八二年应《晋阳学刊》之约，发表在该刊第六期上的他的《自传》，这篇将近九千字的自传里讲的是：他自有生以来，进的什么学校，读的什么功课，从哪位教师受业，写的什么文章，交的什么朋友，然后是教的什么课程，培养的哪些学生……提到我的地方，只有两处：我们何时相识，何时结婚，短短的几句！至于儿女们的出生年月和名字，竟是只字不提。怪不得他的学生写悼念他的文章里，都说："吴老曾感慨地说'我花在培养学生身上的精力和心思，比花在我自己儿女身上的多多了'。"

我不能请读者都去看他的《自传》，但也应该用他《自传》里的话，来总括他在"七七事变"前在燕大将近十年的工作：一是讲课，用他学生的话说是"建立'适合我国国情'的社会学教学和科研体系，使'中国式的社会学'扎根于中国的土壤之上。"二是培养专业人才，请进外国的专家来讲学和指导研究生，派出优秀的研究生去各国留学（"请进来"和"派出去"的专家和学生的名字和国籍只能从略）。三是提倡社区研究。"用同一区位的或文化的观点和方法，来分头进行各种地域不同的社会研究。"我只知道那时有好几位常来我家讨论的学生，曾分头到全国各地去做这种工作，现在这几位都是知名的学者和教授，在这里我不敢借他们的盛名来增光我的篇幅！但我深深地体会到文藻那些年的"茫然的目光"和"一股傻气"的后面，隐藏了多少的"精力和心思"！这里不妨再插进一首嘲笑他的宝塔诗，是我和清华大学校长梅贻琦老先生凑成的。上面的七句是：

马
香　丁
羽　毛　纱
样　样　都　差
傻　姑　爷　到　家
说　起　真　是　笑　话
教　育　原　来　在　清　华

“马”和“羽毛纱”的笑话是抗战前在北京，有一天我们同到城里去看望我父亲，我让他上街去给孩子买萨其马(一种点心)，孩子不会说萨其马，一般只说“马”。因此他到了铺子里，也只会说买“马”。还有我要送我父亲一件双丝葛的夹袍面子。他到了“稻香村”点心店和“东升祥”布店，这两件东西的名字都说不出来。亏得那两间店铺的售货员，和我家都熟，打电话来问。“东升祥”的店员问：“您要买一丈多的羽毛纱做什么？”我们都大笑起来，我就说：“他真是个傻姑爷！”父亲笑了说：“这傻姑爷可不是我替你挑的！”我也只好认了。抗战后我们到了云南，梅校长夫妇到我呈贡家里来度周末，我把这一腔怨气写成宝塔诗发泄在清华身上。梅校长笑着接写下面两句：

冰　心　女　士　眼　力　不　佳
书　呆　子　怎　配　得　交　际　花

当时在座的清华同学都笑得很得意，我又只好认我的“作法自毙”。

回来再说些正经的吧，“七七事变”后这一年，北大和清华都南迁了，燕大因为是美国教会办的，那时还不受干扰。但我们觉得在北平一刻也待不下去了，同时，文藻已经同大后方的云南大学联系好了，用英庚款在云大设置了社会人类学讲座，由他去教学。那时只因为我怀着小女儿吴青，她要十一月才出世，燕大方面也苦留我们再待一年。这一年中，我们只准备离开的一切——这一段我在《丢不掉的珍宝》一文中，写得很详细。

一九三八年秋，我们才取海道由天津经上海，把文藻的母亲送到他的妹妹处，然后经香港从安南（当时的越南）的海防坐小火车到了云南的昆明。这一路，旅途的困顿曲折，心绪的恶劣悲愤，就不能细说了。记得到达昆明旅店的那夜，我们都累得抬不起头来，我怀抱里的不过八个月的小女儿吴青忽然咯咯地拍掌笑了起来，我们才抬起倦眼惊喜地看到座边圆桌上摆的那一大盆猩红的杜鹃花！

用文藻自己的话说：“自一九三八年离开燕京大学，直到一九五一年从日本回国，我的生活一直处在战时不稳定的状态之中。”

他到了云南大学，又建立起了社会学系并担任了系主任，同年又受了北京燕大的委托，成立了燕大和云大合作的“实地调查工作站”。我们在昆明城内住了不久，又有日机轰炸，就带着孩子们迁到郊外的呈贡，住在“华氏墓庐”，我把这座祠堂式的房子改名为“默庐”，我在一九四〇年二月为香港《大公报》（应杨刚之约）写的《默庐试笔》中写得很详细。

从此，文藻就和我们分住了。他每到周末，就从城里骑马回家，还往往带着几位西南联大的没带家眷的朋友，如称为“三剑客”的罗常培①、郑天挺②和杨振声③。这些苦中作乐的情况，我在为罗常培先生写《蜀道难》序中，也都描述过了。

一九四〇年底，因英庚款讲座受到干扰，不能继续，同时在重庆的国防最高委员会工作的清华同学，又劝他到委员会里当参事，负责研究边疆的民族、宗教和教育问题，并提出意见。于是我们一家又搬到重庆去了。

到了重庆，文藻仍寄居在城内的朋友家里，我和孩子们住在郊外的歌乐山，那里有一所没有围墙的土屋，是用我们卖书的六千元买来的。我把它叫作“潜庐”，关于这座土屋和门前风景，我在《力构小窗随笔》中也说过了。

① 罗常培（1899—1958），语言学家。
② 郑天挺（1899—1981），历史学家，教育家。
③ 杨振声（1890—1956），现代著名教育家。

我记得一九四二年春，文藻得了很重的肺炎，我陪他在山下的“中央医院”也就是“上海医学院”的附属医院，住了将近一个月，他受到内科钱德主任的精心医治，据钱主任说肺炎一般在一星期内外，必有一个转折期，那时才知凶吉。但是文藻那时的高烧一直延长到十三天！有一天早上，护士试过了他的脉搏，惊惶而悄悄地来告诉我说：“他的脉搏只有三十六下了。”急得我赶紧跑到医院后面的宿舍里去找王鹏万大夫夫妇——他的爱人张女士是我的同学——那时我只觉得双腿发软，连一座小小的山坡都走不上去！等我和王大夫夫妇回到病房来时，看见文藻身上的被子已被掀过来了，床边站满了大夫和护士，我想他一定“完”了！回头看见窗前桌上放着两碗刚送来的早餐热粥，我端起碗来一口气都喝了下去。我觉得这以后我要办的事多得很，没有一点力气是不行的。谁知道再一回头看到文藻翻了一个身，长长地吁了一口气，迸出一身冷汗。大夫们都高兴地又把被子给他盖上，说：“这转折点终于来了！”又都回头对我笑说，“好了，您不用难过了……”我擦着脸上的汗说：“你们辛苦了！他就是这么一个人，什么都慢！”

我的身心交瘁的一个多月过去了，却又忙着把他搬回山上来，那时没有公费医疗，多住一天，就得多付一天的住院费，我这个以“社会贤达”的名义被塞进”参政会”的参政员，每月的“工资”也只是一担白米。回家后还是亏了一位文藻的做买卖的亲戚，送来一只鸡和两只广柑，作为病后的补品，偏偏我在一杯广柑汁内，误加了白盐，我又舍不得倒掉，便自己仰脖喝了下去！

回家后，大女儿吴冰向我诉苦，说五月一日是她的生日，富奶奶（关于这位高尚的人，我将另有文章记述）只给她吃一个上面插着一支小蜡烛的馒头。这时文藻躺在家里床上，看到爬到他枕边的，穿着一身浅黄色衣裙，发上结着一条大黄缎带的小女儿吴青（这也是富奶奶给她打扮的），脸上却漾出了病后从未有过的一丝微笑！

文藻不是一个能够安心养病的人。一九四三年初，他就参加了“中国访问印度教育代表团”去过印度，着重考察了印度的民族和印度教与伊斯兰教的冲突问题。同年的六月，他又参加了“西北建设考察团”，担任以新疆民族为主的西北民族问题调查。一九四四年底，他又参加了去到美国的“战时太平洋学会”，讨论各盟国战后对日处理方案。会后他又访问了哈佛、耶鲁、芝加哥、普林斯顿各大学的研究中心，去了解他们战时和战后的研究计划和动态，他得到的收获就是了解到“行为科学”的研究已从“社会关系学”发展到了社会学、人类学、社会心理学三门结合的研究。

一九四五年八月十四日夜，我们在歌乐山上听到了日本帝国主义者无条件投降的消息。那时在“中央大学”和在“上海医学院”学习的我们的甥女和表侄女们，都高兴得热泪纵横。我们都恨不得一时就回到北平去，但是那时的交通工具十分拥挤，直到一九四五年底我们才回到了南京。正在我们作北上继续教学的决定时，一九四六年初，文藻的清华同学朱世明将军受任中国驻日代表团团长，他约文藻担任该团的政治组长，兼任盟国对日委员会中国代表顾问。文藻正想了解战后日本政局和重建情况和形势，他想把整个日本作为一个大的社会现场来考察，作专题研究，如日本天皇制、日本新宪法、日本新政党、财阀解体、工人运动等等，在中日邦交没有恢复，没有友好往来之前，趁这机会去日，倒是一个方便，但他只作一年打算。因此当他和朱世明将军到日本去的时候，我自己将两个大些的孩子吴平和吴冰送回北京就学，住在我的大弟妇家里；我自己带着小女儿吴青暂住在南京亲戚家里，这一段事我都写在一九四六年十月的《无家乐》那一篇文章里，当年的十一月，文藻又回来接我带着小女儿到了东京。

现在回想起来，在东京的一段时间，是我们生命中的一个转折点。文藻利用一切机会，同美国来日研究日本问题的专家学者以及东京大学、京都大学的同行人士多有接触。我自己也接触了当年在美留学时的日本同学和一些妇女界人士，不但比较深入地了解了当时日本社会上存在的种种问题，同时也深入地体会了美帝国主义的侵略本性！

这时我们结交了一位很好的朋友——谢南光同志，他是代表团政治组的副组长，也是一个地下共产党员。通过他，我们研读了许多毛主席著作，并和国内有了联系。文藻有个很“不好”的习惯，就是每当买来一本新书，就写上自己的名字和年、月、日。代表团里本来有许多台湾特务系统，如军统、中统等据说有五个之多。他们听说政治组同人每晚以在吴家打桥牌为名，共同研讨毛泽东著作，便有人在一天趁文藻上班，溜到我们住处，从文藻的书架上取走一本《论持久战》。等到我知道了从卧室出来时，他已走远了。

我们有一位姓林的朋友——他是横滨领事，对共产主义同情的，被召回台湾即被枪毙了。文藻知道不能在代表团继续留任。一九五〇年他向团长提出辞职。但离职后仍不能回国，因为我们持有的是台湾政府的护照，这时华人能在日本居留的，只有记者和商人。我们没有经商的资本，就通过朱世明将军和新加坡巨商胡文虎之子胡好的关系，取得了《星槟日报》记者的身份，在东京停留了一年，这时美国的耶鲁大学聘请文藻到该校任教，我们把赴美的申请书寄到台湾，不到一星期便被批准了！我们即刻离开了日本，不是向东，而是向西到了香港，由香港回到了祖国！

这里应该补充一点，当年我送回北平学习的儿女，因为我们在日本的时期延长了，便也先后到了日本。儿子吴平进了东京的美国学校，高中毕业后，我们的美国朋友都劝我们把他送到美国去进大学，他自己和我们都不赞成到美国去。

便以到香港大学进修为名，买了一张到香港而经塘沽的船票。他把我们给国内的一封信缝在裤腰里，船到塘沽他就溜了下去，回到北京。由联系方面把他送进了北大，因为他选的是建筑系，以后又转入清华大学——文藻的母校。他回到北京和我们通信时，仍由香港方面转。因此我们一回到香港，北京方面就有人来接，我们从海道先到了广州。

回国后的兴奋自不必说！一九五一年至一九五三年之间，文藻都在学习，为接受新工作作准备。

……

我的表兄们

中国人的亲戚真多！除了堂兄姐妹，还有许许多多的表兄弟姐妹。正如俗语说的："一表三千里。"姑表、舅表、姨表；还有表伯、表叔、表姑、表姨的儿子，比我大的，就都是我的表兄了；其中有许多可写的，但是我最敬重的，是刘道铿（放园）先生。他是我母亲的表侄，怎么"表"法，我也说不清楚，他应该叫我母亲"表姑"，但他总是叫"姑"，把"表"字去掉。据我母亲说是他们从小在一个院住，因此彼此很亲热。从民国初年，我们到北京后，每逢年节或我父母亲的生日，他们一家必来拜贺。他比我大十七岁，我总以长辈相待，捧过茶烟，打过招呼，就退到一边，带他的儿女玩去了。那时他是《晨报》的编辑，我们家的一份《晨报》就是他赠阅的。

"五四"运动时，我是协和女大学生会的文书，要写些宣传的文章，学生会还让我自己去找报刊发表。这时我才想起这位当报纸编辑的表兄，便从电话里和他商量，他让我把文章寄去。这篇短文，一下便发表出来了，我虽然很兴奋，但那时我一心一意想学医，写宣传文章只是赶任务，并不想继续下去。放园表兄却一直鼓励我写作，同时寄许多那时期出版的刊物，如《新青年》《新潮》《少年中国》《解放与改造》等等，让我阅读。我寄去的稿子，从来没有被修改或退回过，有时他还替上海的《时事新报》索稿。他就像我的亲哥哥一样，关心我的一切。一九二三年我赴美时，他还替我筹了一百美元，作为旅费——因为我得到的奖学金里，不包括旅费——但是这笔款，父亲已经替我筹措了。放园表兄仍是坚持要我带在身边，以备不时之需，我也只好把这款带走，但一直没有动用。

一九二六年我得了硕士学位，应聘到母校——燕京大学——任教，旅费是学校出的。我一回到上海——那时放园表兄在上海通易信托公司任职——就把这百元美金，还给了他。

放园表兄很有学问，会吟诗填词，写得一笔好字。母亲常常夸他天性淳厚。他十几岁时，父母就相继逝世，他的弟妹甚至甥侄，都是他一手扶持起来的。自我开始写作，他就一直和我通讯，我在美期间，有一次得他的信，说："前日到京，见到姑母，她深以你的终身大事为念，说你一直太不注意这类事情，她很不放心。我认为你不应该放过在美的机会，切要多多留意。"原文大概是这些话，我不太记得了。

我回信说："谢谢你的忠告，请您转告母亲，我'知道了'！"一九二六年，我回到家，一眼就看见堂屋墙上挂的红泥金对联，是他去年送给父亲六十大寿的：

花甲初周，德星双耀。
明珠一颗，宝树三株。

把我们一家都写进去了。五十年代初期，他回到北京，就任文史馆馆员，我们又时常见面，记得他那时常替人写字，评点过《白香山全集》，还送我一部。一九五七年他得了癌疾，在北京逝世。

还有一位表兄，我只闻其声，从未见过其人，但他的一句笑话，我永远也忘不了，因为他送给我的头衔称号，是我这一辈子无论如何努力，也争取不到的！

我有一位表舅——也不知道是我母亲的哪一门表姑，嫁到福州郊区的胪下镇郑家——因为是三代单传，她的儿子生下来就很娇惯，小名叫作"皇帝"。他的儿子，当然就是"太子"了，这"太子"表兄，大约比我大七八岁。这两位"至尊"，我都没有拜见过。一九一一年的冬天，我回到福州，有一夜住在舅舅家。福州人没有冬天生炉子的习惯，天气一冷，大家没事就都睡得很早。我躺在床上睡不着，听见一个青年人的声音，从外院一路笑叫着进来，说："怎么这么早皇亲国戚都困觉了？！"我听到这个新奇的称呼，就觉得他很幽默！

我的三个弟弟

我和我的弟弟们一向以弟兄相称。他们叫我“伊哥”（伊是福州方言“阿”的意思）。这小名是我的父母亲给我起的，因此我的大弟弟为涵小名就叫细哥（“细”是福州方言“小”的意思），我的二弟为杰小名就叫细弟，到了三弟为楫出生，他的小名就只好叫“小小”了！

说来话长！我一生下来，我的姑母就拿我的生辰八字，去请人算命，算命先生说：“这一定是个男命，因为孩子命里带着‘文曲星’，是会做文官的。”算命纸上还写着有“富贵逼人无地处，长安道上马如飞”。这张算命纸本来由我收着，几经离乱，早就找不到了。算命先生还说我命里“五行”缺“火”，于是我的二伯父就替我取了“婉莹”的大名，“婉”是我们家姐妹的排行，“莹[1]”字上面有两个“火”字，以

① “莹”的繁体字为“瑩”。

补我命中之缺。但祖父总叫我“莹官”，和我的堂兄们霖官、仪官等一样，当作男孩叫的。而且我从小就是男装，一直到一九一一年，我从烟台回到福州时，才改了女装。伯叔父母们叫我“四妹”，但“莹官”和“伊哥”的称呼，在我祖父和在我们的小家庭中，一直没改。

我的三个弟弟都是在烟台出生的，“官”字都免了，只保留福州方言，如“细哥”、“细弟”等等。

我的三个弟弟中，大弟为涵是最聪明的一个，十二岁就考上“唐山路矿学校”的预科（我在《离家的一年》这篇小说中就说的是这件事）。以后学校迁到北京，改称“北京交通大学”。他在学校里结交了一些爱好音乐的朋友，他自己课余又跟一位意大利音乐家学小提琴。我记得那时他从东交民巷老师家回来，就在屋里练琴，星期天他就能继续弹奏六七个小时。他的朋友们来了，我们的西厢房里就弦歌不断。他们不但拉提琴，也弹月琴，引得二弟和三弟也学会了一些中国乐器，三弟嗓子很好，就带头唱歌（他在育英小学，就被选入学校的歌咏队），至今我中午休息在枕上听收音机的时候，我还是喜欢听那高亢或雄浑的男歌音！

涵弟的音乐爱好，并没有干扰他的学习，他尤其喜欢外语。一九二三年秋，我在美国沙穰疗养院的时候，就常得到他用英文写的长信。病友们都奇怪说：“你们中国人为什么要用英文写信？”我笑说：“是他要练习外文并要我改正的缘故。”其实他的英文在书写上比我流利得多。

一九二六年我回国来，第二年他就到美国的宾夕法尼亚大学，去学“公路”，回国后一直在交通部门工作。他的爱人杨建华，是我舅父杨子敬先生的女儿。他们的婚姻是我的舅舅亲口向我母亲提的，说是：“姑做婆，赛活佛。”照现在的说法，近亲结婚，生的孩子一定痴呆，可是他们生了五个女儿，却是一个赛似一个地聪明伶俐。（涵弟是长子，所以从我们都离家后，他就一直和我父亲住在一起。）至今我还藏着她们五姐妹环绕着父亲的一张相片。她们的名字都取的是花名，因为在华妹怀着第一个孩子时，我父亲做了一个梦，梦见一个老人递给他一张条子，上面写着“文郎俯看菊陶仙”，因此我的大侄女就叫宗菊。“宗”字本来是我们大家庭里男孩子的排行，但我父亲说男女应该一样。后来我的一个堂弟得了一个儿子，就把“陶”字要走了，我的第二个侄女，只好叫宗仙。以后接着又来了宗莲和宗菱，也都是父亲给起的名字。当华妹又怀了第五胎的时候，她们四个姐妹聚在一起祷告，希望妈妈不要生个男儿，怕有了弟弟，就不疼她们了。宗梅生后，华妹倒是有点失望，父亲却特为宗梅办了一桌满月酒席，这是她姐姐们所没有的，表示他特别高兴。因此她们总是高兴地说：“爷爷特别喜欢女孩子，我们也要特别争气才行！”

一九三七年，我和文藻刚从欧洲回来，“七七”事变就发生了。我们在燕京大学又呆了一年，就到后方云南去了。我们走的那一天，父亲在母亲遗像前烧了一炷香，保佑我们一路平安。那时杰弟在南京，楫弟在香港，只有涵弟一人到车站送我们，他仍旧是泪汪汪的，一语不发，和当年我赴美留学时一样，他没有和杰、楫一道到车站送我，只在家里窗内泪汪汪地看着我走。我永远也忘不了那一对伤离惜别的悲痛的眼睛！

我们离开北京时，倒是把文藻的母亲带到上海，让她和文藻的妹妹一家住在一起。那时我们对云南生活知道的不多；更不敢也不能拖着父亲和涵弟一家人去到后方，当时也没想到抗战会抗得那么长，谁知道匆匆一别遂成永诀呢？！

一九四〇年，我在云南的呈贡山上，得到涵弟报告父亲逝世的一封信，我打开信还没有看完，一口血就涌上来了！

……大人们二年来，瘦了许多，这是我感到伤心而不敢说的……谁也想不到他走得那样快……大人说："伊哥住址是呈贡三台山，你能记得吗？"我含泪点首……晨十时德国医陈义大夫又来打针，大人喘仍不止，稍止后即告我："将我的病况，用快函寄上海再转香港和呈贡，他们三人都不知道我病重了……"这时大人面色苍白，汗流如雨，又说："我要找你妈去！"……大人表示要上床睡，我知道是那两针吗啡之力，一时房中安静，窗外一滴一滴的雨声，似乎在催着正在与生命挣扎的老父，不料到了早晨八时四十五分，就停了气息……我的血也冷了，不知是梦境？是幻境？最后责任心压倒了一切，死的死了，活的人还得活着干……

他的第二封信，就附来一张父亲灵堂的相片，以及他请人代拟的文藻吊我父亲的挽联：

分为半子，情等家人，远道那堪闻噩耗。

本是生离，竟成死别，深闺何以慰哀思。

信里还说："听说你身体也不好，时常吐血，我非常不安……弟近来亦常发热出汗，疲弱不堪，但不敢多请假，因请假多了，公司将取消食粮配给……华妹一定要为我订牛奶，劝我吃鸡蛋，但是耗费太大，不得不将我的提琴托人出售，因为家里已没有可卖之物……一切均亏得华妹操心，这个家真亏她维持下去……孩子们都好，都知吃苦，也都肯用功读书，堪以告慰，但愿有一天苦尽甜来……"

这是涵弟给我的末一封信了。父亲是一九四〇年八月四日八时四十五分逝世的。涵弟在敌后的一个公司里又挨了四年，我也总找不到一个职业使他可以到后方来。他贫病交加，于一九四四年也逝世了！他最爱的也是最聪明的女儿宗莲，就改了名字和同学们逃到解放区去，其他的仍守着母亲，过着极其艰难的日子……

我的这个最聪明最尽责、性情最沉默、感情最脆弱的弟弟，就这样在敌后劳苦抑郁地了此一生！

关于能把三个弟弟写在一起的事：就是他们从小喜欢上房玩。北京中剪子巷家里，紧挨着东厢房有一棵枣树，他们就从树上爬到房上，到了北房屋脊后面的一个旮旯里，藏了许多他们自制的玩意儿，如小铅船之类。房东祈老头儿来了，看见他们上房，就笑着嚷："你们又上房了，将来修房钱，就跟你们要！"

还有就是他们同一些同学，跟一位打拳的老师学武术，置办一些刀枪剑戟，一阵乱打，以及带着小狗骑车到北海泅水、划船，这些事我当然都没有参加。

其实我在《关于女人》那一本书里，虽然说的是我的三位弟妇，却已经把我的三个弟弟的性情、爱好等都已经描写过了。不过《关于女人》是写在一九四三年，对于大弟只写了他恋爱、婚姻一段，对于二弟、三弟就写得多一些。

二弟为杰从小是和我在一床睡的。那时父亲带着大弟，母亲带着小弟，我就带着他。弟弟们比我们睡得早，在里床每人一个被窝桶，晚饭后不久，就钻进去睡了。为杰和一般的第二个孩子一样，总是很"乖"的。他在三个弟兄里，又是比较"笨"的。我记得在他上小学时，每天早起我一边梳头，一边听他背《孟子》，什么"泄泄犹沓沓也"，我不知道这是《孟子》中的哪一章？哪一节？也许还是“注释”，但他呜咽着反复背诵的这一句书，至今还在我耳边震响着。

他的功课总是不太好，到了开初中毕业式那天，照例是要穿一件新的蓝布大褂的，母亲还不敢先给他做，结果他还是毕业了。可是到了高中，他一下子就蹿上来了，成了个高材生。一九二六年秋他考上了燕京大学，正巧我也回国在那里教课，因为他参加了许多课外活动，我们接触的机会很多。有一次男生们演话剧“咖啡店之一夜”，那时男女生还没有合演，为杰就担任了女服务员这一角色。他穿的是我的一套黑绸衣裙，头上扎个带褶的白纱巾，系上白围裙，台下同学们都笑说他像我。那年冬天男女同学在未名湖上化装溜冰，他仍是穿那一套衣裳，手里捧着纸做的杯盘，在冰上旋舞。

一九二九年我同文藻结婚后，我们有了家了，他就常到家里吃饭，他很能吃，也不挑食。一九三〇年秋我怀上了吴平，害口，差不多有七个月吃不下东西。父亲从城里送来的新鲜的蔬菜水果，几乎都是他吃了。甚至在一九三一年二月我生吴平那一天，我从产房出来，看见他在病房等着我，房里桌上有一杯给产妇吃的冰淇淋，我实在太累了，吃不下，冲他一努嘴，他就捧起杯来，脸朝着墙，一口气吃下了！

他在燕大念的是化学，他的学士和硕士的论文，都是跟天津碱厂的总工程师侯德榜[1]博士写的。侯先生很赏识他，又

① 侯德榜（1890—1974），中国化学家，“侯氏制碱法”的创始人。

介绍他到美国威斯康星大学读化学博士，毕业时还得了金钥匙奖。回国后就在永利制碱公司工作。解放后又跟侯先生到了化工部。一九五一年我们从日本回到北京，见面的时候就多了。

我是农历闰八月十日生的，他的生日是农历八月初十，因此每到每年的农历的八月十一日，他们就买一个大蛋糕来，我们两家人一起庆祝，我现在还存着我们两人一同切蛋糕的相片。

一九八五年九月文藻逝世后，他得到消息，一进门还没得及说话，就伏在书桌上，大哭不止，我倒含着泪去劝他。他晚年身体不好，常犯气喘病，家里暖气不够热时，就往往在堂屋里生上火炉。一九八六年初，他病重进了医院，他的爱人李文玲还瞒着我，直到他一月十二日逝世几天以后，我才得到这不幸的消息。化工部他的同事们为他准备了一个纪念册，要我题字，我写：

为杰逝世了，我在深深地自恸自怜之后，终于为有他这么一个对祖国的化工事业，作出应有的贡献的弟弟，感到无限的自慰与自豪。

他的爱人李文玲是金陵女子大学音乐系毕业的，专修钢琴。他的儿子谢宗英和儿媳张薇都继承了他的事业，现在都在化工部的附属工程机关工作。

我的三弟谢为楫的一切，我在《关于女人》写我的三弟妇那一段已经把他描写过了：

……他是我们弟兄中最神经质的一个，善怀，多感，急躁，好动，因为他最小，便养得很任性，很娇惯。虽然如此，他对于父母和兄姐的话总是听从的，对我更是无话不说……

他很爱好文艺，也爱交些文艺界的年轻朋友。丁玲、胡也频、沈从文等，都是他介绍给我的，我记得那是一九二七年我的父亲在上海工作的时候。他还出过一本短篇小说集，名字我忘了，那时他也不过十七八岁。他没有读大学就到英国利物浦的海上学校，当了航海学生，在五洲的海上飘荡了五年，居然还得了一张荣誉证书回来。从那时起他就在海关的缉私船上工作。抗战时期，上海失守后，他到了香港，香港又失守了，他就到重庆，不久由港务司派他到美国进修了一年，回来后就在上海港务局工作。他的爱人刘纪华，是我的表兄刘放园先生的女儿，燕大的社会学系优秀的硕士研究生，那时也在上海的“善后救济总署”工作。他们是青梅竹马的恩爱夫妻，工作和生活都很愉快。他们有五个儿女。

为楫说，为了纪念我，他们孩子的名字里都要带一个“心”字。长女宗慈，十一二岁就到东北上学，我记得是长春大学，学的是农业机械。他们的二女儿宗爱、三女儿宗恩，学的是音乐，是报考上海音乐学院附中的上千人中考上的五十人中之二。我听见了很高兴，给她们寄去八百元买了一架钢琴，作为奖励。他们的两个儿子宗惠和宗悫那时还小。

一九五七年，为楫响应“向党进言”的号召，写了几张大字报，被划成了右派，遣送到甘肃的武威劳动改造，从此丢弃了他的专业，如同失水的枯鱼一般，全家迁到了大西北。那时我的老伴吴文藻，和我的儿子吴平也都是右派分子，我的头上响起了晴天的霹雳，心中的天地也一下子旋转了起来！但我还是镇定地给为楫写一封封的长信，鼓励他好好改造，重新做人，求得重有报效祖国的机会，其实那几年我自己也不知道是怎么过的！只记得为楫夫妇都在武威一所中学教书，度过了相当艰苦的日子。孩子们在逆境中反而加倍奋发自强，宗恩和宗爱都在西安音乐学院毕了业。两个男孩子都学的是理工，在矿学事业自动化研究所里工作，这都是后话了！

劳瘁交加的纪华得了癌症，一九七六年去世了，为楫就到窑街和小儿子住了些日子，一九七八年又到四川的北碚，同大女儿住了些日子；一九七九年应兰州大学之聘，在兰大教授英语；一九八四年的一月十二日就因病在兰州逝世了！他的儿女们都没有告诉我们。我和为杰只奇怪楫弟为什么这样懒得动笔，每逢农历九月十九，我们还是寄些钱去（他比纪华大一岁，两人是同一天生日，往常我们总是祝他们“双寿”），让他的孩子们给他买块蛋糕。孩子们也总是回信说：“爹爹吃了蛋糕，很喜欢，说是谢谢你们！”杰弟一直到死，还不知道“小小”已经比他先走了！

在写这一篇的时候，我流尽了最后的眼泪！王羲之在《兰亭集序》里说“死生亦大矣，岂不痛哉”。我倒觉得“死”真是个“解脱”，“痛”的是后死的人！我的三个弟弟：从小到大，我尽力地爱护了你们。最后也还是我用眼泪来给你们送别，我总算对得起你们了！

VI 我最尊重体贴的那些女人们①

世界上若没有女人，这世界至少要减少十分之五的真、十分之六的善、十分之七的美。

① 本章的内容是作者以“男士”的口吻来写女人。

我最尊敬体贴她们

以一个男士而写关于女人的题目，似乎总觉有些不大“那个”，人们会想：“内容莫不是讥讽吧？”“莫不是单恋吧？”仿佛女人的问题，只应该由女人来谈似的。其实，我以为女人的问题，应该是由男人来谈，因为男人在立场上，可以比较客观，男人的态度，可以比较客气。

在二万万零一个男人之中，我相信我是一个最尊敬体贴女性的男子。认得我的人，且多称誉我是很女性的，因为我有女性种种的优点，如温柔、忍耐、细心等等，这些我都觉得很荣幸。同时我是二万万零一个人之中，最不配谈女人的，因为除了母亲以外，我既无姊妹，又未娶妻。我所认得的只是一些女同学，几个女同事，以及朋友们的妻女姊妹，没有什么深切的了解与认识。但是因为既无姊妹又未娶妻的缘故，谈到女人的时候就特别多。比如说有许多朋友的太太，总是半带好意半开玩笑地说：“× 先生，你是将近四十岁的人，做着很好的事，又颇有点名气，为什么还不娶个太太？”这时我总觉得很惶恐，只得讷讷地说：“还没有碰到合适的人……”于是那些太太们说：“您的条件怎么样？请略说一二，我们好替您物色物色。”这时我最窘了，这条件真不容易说出，要归纳你平日的许多标准，许多理想，除非上帝特意为你创造这么一个十全十美的女人。我有一个朋友，年纪比我还轻，十年以前，就有二十六个择偶的条件。到了十年之末，他只剩了一个条件——“只要是一个女人就行”。结果是一个女人也没有得到。他死了，朋友替他写传记，中有很惨的四个字：“尚未娶妻。”上帝祝福他的灵魂！

我以为男子要谈条件，第一件事就得问问自己是否也具有那些条件。比如我们要求对方“容貌美丽”，就得先去照照镜子，看看自己是不是一个漂亮的男子。我们要求对方“性情温柔”，就得反躬自省，自己是否一个决不暴躁而又讲理的人。我们从办公室里回来，总希望家里美观清洁，饭菜甘香可口，孩子们安静听话，太太笑脸相迎，嘘寒问暖。万一上面的条件没有具备，我们就会气腾腾地把帽子一摔，棍子一扔，皱起眉头，一语不发。倘若孩子再围上来要糖要饼，太太再来和你谈米又涨价，菜不好买，佣人闹脾气，等等……你简直就会头痛，就会发狂，就会破口大骂。骂完，自己跑到一旁，越想越伤心起来——想到今天在办公室里所受的种种的气，想到昨夜因为孩子哭闹，没有睡好，这一家穿的是谁，吃的是谁，你的太太竟不体恤你一点——可是你总根本没有想到孩子没有一个不淘气，佣人没有一个没有问题，米也没有一天不涨价的！你的温柔的太太，整天整夜地在这炼狱中间，怕你不得好睡，办事没有精神，脾气也会变坏，而她自己昨夜则于你蒙眬之中，起来了七八次之多，既怕孩子挨骂，又怕你受委屈。孩子哭是因为肚子痛，肚子痛是因为刘妈给他生水喝。而刘妈则是没有受过近代训练的佣人，跟她怎样说都不会记得。这年头，连个帮工都不容易请，奉承她还来不及，哪还敢说一个“换”字……她也许思前想后，一夜无眠，今早起来，她还得依旧支撑。家长里短的事，女人不管，谁来管呀？她一忙就累，一累就也有气，满心只想望你中午或晚上回来，凡事有你商量，有你安慰。倘若你回来了，看见她的愁眉，看见她的黑眼圈，你说一两句安慰的话，她也许就把旧恨新愁，全付汪洋大海，否则她只有在你的面前或背后，掉下一两滴可怜无告的眼泪。你也许还觉得“女人，除了哭，还会什么！……”

男子的条件中，有时还要对方具有经济生产的能力，这个问题就更大了。我知道有许多职业妇女，在结婚之前，总要百转千回的考虑。倘若她或不幸而被恋爱征服，同时又对事业不忍放弃，那这两股绳索就会把她绞死！我有一对朋友，是夫妇同在一个机关里面办事的（妻的地位似乎比丈夫还高）。每次我到他们家里去拜访，或是他们请我吃饭，假如一切顺利，做丈夫和做妻子的就都兴高采烈。假如饭生菜不熟，或小孩子喧哗吵闹，做丈夫的就会以责备的眼光看太太，太太却以抱歉的眼光来看我们两个，我只好以悲悯的眼光看天。我心里真想同那做丈夫的说："天哪，她不是和你一样，一天坐八小时的办公室吗？"——我不是说一天坐了八小时的办公室，请客时就应当饭生菜不熟，不过至少他们应当以抱歉的眼光对看，或且同以抱歉的眼光看我。至于把这责任完全推给太太的办法，则连我这一个女性的男子，也看不过了。

谈到职业妇女，在西洋的机器文明世界，兼主妇还不感到十分困难。在中国则一切须靠佣人。人比机器难弄得多，尤其是在散离流亡的抗战时代。我看见过多少从前在沿海口岸，摩登城市，养尊处优的妇女们，现在内地，都是荆钗布裾栉风沐雨的工作，不论家里或办公室里，都能弄得井井有条。对于这种女人，我只有五体投地。假如抗战提高了中国的地位，提高了军人、司机乃至一般工人的地位，则我以为提得最高的，还是我们那些忍得住痛耐得住苦的妇女。

话又说得远了，我所要说的关于女人的话，还未说到十分之一。有一个朋友看到了这一段，以为像我这样尊敬体贴女人的人，可以做个模范丈夫，必不难找个合式的太太。连我自己也纳闷，这是怎么说的呢？天晓得！

我的择偶条件

新近搬了一次“家”，居然能从五个人合住的一间屋子，搬到一间卧室，一间书房连客厅的房子里来，虽然仍有一个“屋伴”，在重庆算是不容易的了。这两间屋子，略加布置，尚属雅洁。窗明几净，常有不少的朋友来陪我闲谈；大家总觉得既有这么雅洁的屋子，更应当有个太太了，于是谈锋又转到了择偶的条件。随谈随写，居然也有二十几条，如下：

一因为我自己是在北方长大的南方人，所以我希望对方不是“北人南相”——此条可以商量。

二因为我是学文学的，所以希望对方至少能够欣赏文艺。

三因为我是将近四十岁的人，所以希望对方不在二十五岁以下。

四因为我自己是个瘦子，所以希望对方不是一个胖子。

五因为我自己不搽润面油、司丹康，所以希望对方也不浓施脂粉，厚抹口红。

六因为我自己从未穿过西装，所以希望对方也不穿着洋服——东方女子穿西服，十个有九个半难看！

七因为我有几个外国朋友，所以希望对方懂得几句外国语言。

八因为我自己好客，所以希望对方不是一个见了生人说不出话的女子。

九因为我很择客，所以希望对方也不招致许多无聊的男女朋友，哼哼洋歌，嚼嚼瓜子，把橘子皮扔得满地。

十因为我颇有洁癖，所以希望对方也相当的整齐清洁——至少不会翻乱我的书籍，弄脏我的衣冠。

十一因为我怕香花，所以希望对方不戴白玉兰，不在屋子里插些丁香、真珠梅之类。

十二因为我喜欢雅淡，所以希望对方不穿浓艳及颜色不调和的衣服，我总忘不了黄莘田先生的两句诗："颜色上伊身便好，带些黯淡大家风。"

十三我自己曾经享受过很舒服的衣食住行，而在抗战期内，绝口不提从前的幸福！我觉得流离痛苦是该受的。因此，我希望对方不是整天地叹气着说"从前在北平的时候呀""这仗打到什么时候才完呀"一类的废话。

十四因为我喜欢旅行，所以希望对方也不以旅行为苦。

十五因为我喜欢海，所以我希望对方也爱泅水，不怕海风。

十六因为我喜欢山居，所以希望对方不怕山居的寂莫。

十七因为我喜听京戏——虽然并不常去，所以希望对方不把国剧看得一钱不值。

十八我喜欢看美人，无论是真人或图画，希望对方能够谅解。我只是赞叹而已。倘若她也和我一样，也只爱“看”美男子，我决予以鼓励。

十九因为我自觉是个“每逢大事有静气”的汉子（看见或摸着个把臭虫时除外，但此不是大事），所以希望对方遇有小惊小怕时，不作电影明星式的捧心高叫。

二十我对于屋内的挂幅，选择颇严，希望对方不在案侧或床头，挂些低级趣味的裸体画，或明星照片。

二十一我很喜欢炉中的微火和烛火，以为在柔软的光影中清谈，是最惬心的事，希望对方也能欣赏，至少不致喜欢强烈直射的灯光。

二十二我喜欢微醺的情境；在微醉后谈话作文，都更觉有兴致。因此，我希望对方不反对人喝“一点”酒。但若甜酒——如杂果酒，喝到两杯以上，白酒五杯以上，黄酒十杯以上，亲爱的，请你阻止我！

二十三因为我在北方长大，能吃大葱大蒜，所以希望对方虽不与我同嗜，至少也不厌恶这种气味。

二十四因为我喜听音乐，所以希望对方不在音乐会场内，高声谈笑或睡觉。

二十五因为我喜欢生物，所以希望对方不反对我养狗或养鸽。

二十六……

一个朋友把我叫住了，说："你曾笑你那位死去的朋友，提出了二十六个择偶的条件，如今你竟快要打破他的纪录了。"我说我的条件实和他的不同，都是就我已有的本钱来讨代价，并不曾作过分的要求，纵不能抛玉引玉，也还是抛砖引砖，条件再多些，谅也无妨。而且我注意的只是嗜好与习惯上的小节，至于她的容貌性情以及经济生产能力等等，我都可以随遇而安，不加苛求的。

另一个朋友说："嗜好习惯太相同了，反无互相吸引之力，生活在一起没有兴趣。而且像你这样的斤斤于小节，只有让你自己再变成为一个女人，来配你自己吧。"

天哪，假如我真是个女人，恐怕早已结婚，而且是已有了两三个孩子了！

我的母亲

谈到女人，第一个涌上我的心头的，就是我的母亲，因在我的生命中，她是第一个对我失望的女人。

在我以前，我有两个哥哥，都是生下几天就夭折的，算命的对她说："太太，你的命里是要先开花后结果的，最好能先生下一个姑娘，庇护以后的少爷。"因此，在她怀我的时候，她总希望是一个女儿。她喜欢头生的是一个姑娘，会帮妈妈看顾弟妹、温柔、体贴、分担忧愁。不料生下我来，又是一个儿子。在合家欢腾之中，母亲只是默然地躺在床上。祖父同我的姑母说："三嫂真怪，生个儿子还不高兴！"

母亲究竟是母亲，她仍然是不折不扣地爱我，只是常常念道："你是儿子兼女儿的，你应当有女儿的好处才行。"我生后三天，祖父拿着我的八字去算命。算命的还一口咬定这是女孩的命，叹息着说：“可惜是个女孩子，否则准作翰林。”母亲也常常拿我取笑说：“如今你是一个男子，就应当真做个翰林了。”幸而我是生在科举久废的新时代，否则，以我的才具而论，哪有三元及第荣宗耀祖的把握呢？

在我底下，一连串地又来了三个弟弟，这使母亲更加失望。然而这三个弟弟倒是个个留住了。当她抱怨那个算命的不灵的时候，我们总笑着说，我们是“无花果”，不必开花而即累累结实的。

母亲对于我的第二个失望，就是我总不想娶亲。直至去世时为止，她总认为我的一切，都能使她满意，所差的就是我竟没有替她娶回一位有德有才而又有貌的媳妇。其实，关于这点，我更比她着急，只是时运不济，没有法子。在此情形之下，我只有竭力鼓励我的弟弟们先我而娶，替他们介绍“朋友”，造就机会。结果，我的二弟，在二十一岁大学刚毕业时就结了婚。母亲跟前，居然有了一个温柔贤淑的媳妇，不久又看见了一个孙女的诞生，于是她才相当满足地离开了人世。

如今我的三个弟弟都已结过婚了，他们的小家庭生活，似乎都很快乐。我的三个弟妇，对于我这老兄，也都极其关切与恭敬。只有我的二弟妇常常笑着同我说：“大哥，我们做了你的替死鬼，你看在这兵荒马乱、米珠薪桂的年头，我们这五个女孩子怎么办？你要代替我们养一两个才行。”她怜惜地抚摩着那些黑如鸦羽的小头。她哪里舍得给我养呢！那五个女孩子围在我的膝头，一齐抬首的时候，明艳得如同一束朝露下的红玫瑰花。

母亲死去整整十年了。去年父亲又已逝世。我在各地飘泊，依然是个孤身汉子。弟弟们的家，就是我的家，那里有欢笑，有温情，有人照应我的起居饮食，有人给我缝衣服补袜子。我出去的时候，回来总在店里买些糖果，因为我知道在那阑干上，有几个小头伸着望我。去年我刚到重庆，就犯了那不可避免的伤风，头痛得七八天睁不开眼，把一切都忘了。一天早晨，航空公司给我送来一个包裹，是几个小孩子寄来的，其中的小包裹是从各地方送到，在香港集中的。上面有一个卡片，写着："大伯伯，好些日子不见信了，圣诞节你也许忘了我们，但是我们没有忘了你！"我的头痛立刻好了，漆黑的床前，似乎竖起了一棵烛光辉煌的圣诞树！

回来再说我的母亲吧。自然，天下的儿子，至少有百分之七十，认为他的母亲乃是世界上最好的母亲。我则以为我的母亲，乃是世界上最好的母亲中最好的一个。不但我如此想，我的许多朋友也如此说。她不但是我的母亲，而且是我的知友。我有许多话不敢同父亲说的，敢同她说；不能对朋友提的，能对她提。她有现代的头脑，稳静公平地接受现代的一切。她热烈地爱着"家"，以为一个美好的家庭，乃是一切幸福和力量的根源。她希望我早点娶亲，目的就在愿意看见我把自己的身心，早点安置在一个温暖快乐的家庭里面。

然而，我的至爱的母亲，我现在除了“尚未娶妻”之外，并没有失却了“家”之一切！

我们的家，确是一个安静温暖而又快乐的家。父亲喜欢栽花养狗；母亲则整天除了治家之外，不是看书，就是做活，静悄悄地没有一点声息。学伴们到了我们家里，自然而然地就会低下声来说话。然而她最鼓励我们运动游戏，外院里总有秋千、杠子等设备。我们学武术，学音乐（除了我以外，弟弟们都有很好的成就）。母亲总是高高兴兴的，接待父亲和我们的朋友。朋友们来了，玩得好，吃得好，总是欢喜满足地回去。却也有人带着眼泪回家，因为他想起了自己死去的母亲，或是他的母亲，同他不曾发生什么情感的关系。

我的父亲是大家庭中的第三个儿子。他的兄弟姊妹很多，多半是不成材的，于是他们的子女的教养，就都堆在父亲的肩上。对于这些，母亲充分地帮了父亲的忙，父亲付与了一份的财力，母亲贴上了全副的精神。我们家里总有七八个孩子同住，放假的时候孩子就更多。母亲以孱弱的身体，来应付支持这一切，无论多忙多乱，微笑没有离开过她的嘴角。我永远忘不了母亲逝世的那晚，她的床侧，昏倒了我的一个身为军人的堂哥哥！

母亲又有知人之明，看到了一个人，就能知道这人的性格。故对于父亲和我们的朋友的选择，她都有极大的帮助。她又有极高的鉴赏力，无论屋内的陈设，园亭的布置，或是衣饰的颜色和式样等，经她一调动，就显得新异不俗。我记得有一位表妹，在赴茶会之前，打扮得花枝招展的，到了我们的家里；母亲把她浑身上下看了一遍，笑说：“元元，你打扮得太和别人一样了。人家抹红嘴唇，你也抹红嘴唇，人家涂红指甲，你也涂红指甲，这岂非反不引起他人的注意？你要懂得‘万朵红莲礼白莲’的道理。”我们都笑了，赞同母亲的意见。表妹立刻在母亲妆台前洗净铅华，换了衣饰出去；后来听说她是那晚茶会中，被人称为最漂亮的一个。

母亲对于政治也极关心。三十年前，我的几个舅舅，都是同盟会的会员，平常传递消息，收发信件，都由母亲出名经手。我还记得在我八岁的时候，一个大雪夜里，帮着母亲把几十本《天讨》，一卷一卷地装在肉松筒里，又用红纸条将筒口封了起来，寄了出去。不久收到各地的来信说：“肉松收到了，到底是家制的，美味无穷。”我说：“那些不是书吗？……”母亲轻轻地捏了我一把，附在我的耳朵上说：“你不要说出去。”

辛亥革命时，我们正在上海，住在租界旅馆里。我的职务，就是天天清早在门口等报，母亲看完了报就给我们讲。她还将她所仅有的一点首饰，换成洋钱，捐款劳军。我那时才十岁，也将我所仅有的十块压岁钱捐了出去，是我自己走到申报馆去交付的。那两纸收条，我曾珍重地藏着，抗战起来以后不知丢在哪里了。

“五四”以后，她对新文化运动又感了兴趣。她看书看报，不让时代把她丢下。她不反对自由恋爱，但也注重爱情的专一。我的一个女同学，同人“私奔”了，当她的母亲走到我们家里“垂涕而道”的时候，父亲还很气愤，母亲却不作声。客人去后，她说：“私奔也不要紧，本来仪式算不了什么，只要他们始终如一就行。”

诸如此类，她的一言一动，成了她的儿子们的指南针。她对我的弟弟们的择偶，从不直接说什么话，总说：“只要你们喜爱的，妈妈也就喜爱。”但是我们的性格品位已经造成了，妈妈不喜爱的，我们也决不会喜爱。

她已死去十年了。抗战期间，母亲若还健在，我不知道她将做些什么事情，但我至少还能看见她那永远微笑的面容，她那沉静温柔的态度，她将以卷《天讨》的手，卷起她的每一个儿子的畏惧懦弱的心！

她是一个典型的贤妻良母，至少母亲对于我们解释贤妻良母的时候，她以为贤妻良母，应该是丈夫和子女的匡护者。

关于妇女运动的各种标语，我都同意，只有看到或听到“打倒贤妻良母”的口号时，我总觉得有点逆耳刺眼。当然，人们心目中“妻”与“母”是不同的，观念亦因之而异。我希望她们所要打倒的，是一些怯弱依赖的软体动物，而不是像我的母亲那样的女人。

我的教师

第二个女人，我永远忘不掉的，是T女士，我的教师。

我从小住在偏僻的乡村里，没有机会进小学，所以只在家塾里读书，国文读得很多，历史地理也还将就得过，吟诗作文都学会了，且还能写一两千字的文章。只是算术很落后，翻来覆去，只做到加减乘除，因为塾师自己的算学程度，也只到此为止。

十二岁到了北平，我居然考上了一个中学，因为考试的时候，校长只出一个“学然后知不足”的论说题目。这题目是我在家塾里做过的，当时下笔千言，一挥而就，校长先生大为惊奇赞赏，一下子便让我和中学一年生同班上课。上课两星期以后，别的功课我都能应付裕如，作文还升了一班，只是算术把我难坏了。中学的算术是从代数做起的，我的算学底子太坏，脚跟站不牢，昏头眩脑，踏着云雾似的上课，T女士便在这云雾之中，飘进了我的生命中来。

她是我们的代数和历史教员，那时也不过二十多岁吧。“螓首蛾眉，齿如编贝”这八个字，就恰恰地可以形容她。她是北方人，皮肤很白嫩，身材很窈窕，又很容易红脸，难为情或是生气，就立刻连耳带颈都红了起来，我最怕的是她红脸的时候。

同学中敬爱她的，当然不止我一人，因为她是我们的女教师中间最美丽，最和平，最善诱的一位。她的态度，严肃而又和蔼，讲述时简单而又清晰。她善用譬喻；我们每每因着譬喻的有趣，而连带地牢记了原理。

第一个月考，我的历史得九十九分，而代数却只得了五十二分，不及格！当我下堂自己躲在屋角流泪的时候，觉得有只温暖的手，抚着我的肩膀，抬头却见T女士挟着课本，站在我的身旁。我赶紧擦了眼泪，站了起来。她温和地问我道：“你为什么哭？难道是我的分数打错了？”我说：“不是的，我是气我自己的数学底子太差。你出的十道题目，我只明白一半。”她就软款温柔地坐下，仔细问我的过去。知道了我的家塾教育以后，她就恳切地对我说：“这不能怪你。你中间跳过了一大段！我看你还聪明，补习一定不难；以后你每天晚一点回家，我替你补习算术吧。”

这当然是她对我格外的爱护，因为算术不曾学过的，很有退班的可能；而且她很忙，每天匀出一个钟头给我，是额外的恩惠。我当时连忙答允，又再三地道谢。回家去同母亲一说，母亲尤其感激，又仔细地询问T女士的一切，她觉得T女士是一位很好的教师。

从此我每天下课后，就到她的办公室，补习一个钟头的算术，把高小三年的课本，在半年以内赶完了。T女士逢人便称道我的神速聪明。但她不知道我每天回家以后，用功直到半夜，因着习题的烦难，我曾流过许多焦急的眼泪，在泪眼模糊之中，灯影下往往涌现着T女士美丽慈和的脸，我就仿佛得了灵感似的，擦去眼泪，又赶紧往下做。那时我住在母亲的套间里，冬天的夜里，烧热了砖炕，点起一盏煤油灯，盘着两腿坐在炕桌边上，读书习算。到了夜深，母亲往往叫人送冰糖葫芦，或是赛梨的萝卜，来给我消夜。直到现在，每逢看见孩子做算术，我就会看见T女士的笑脸，脚下觉得热烘烘的，嘴里也充满了萝卜的清甜气味！

算术补习完毕，一切难题，迎刃而解，代数同几何，我全是不费功夫地做着；我成了同学们崇拜的中心，有什么难题，他们都来请教我。因着T女士的关系，我对于算学真是心神贯注，竟有几个困难的习题，是在夜中苦想，梦里做出来的。我补完算术以后，母亲觉得对于T女士应有一点表示，她自己跑到福隆公司，买了一件很贵重的衣料，叫我送去。T女士却把礼物退了回来，她对我母亲说：“我不是常替学生补习的，我不能要报酬。我因为觉得令郎别样功课都很好，只有算学差些，退一班未免太委屈他。他这样的赶，没有赶出毛病来，我已经是很高兴的了。”母亲不敢勉强她，只得作罢。有一天我在东安市场，碰见T女士也在那里买东西。看见摊上挂着的挖空的红萝卜里面种着新麦秧，她不住地夸赞那东西的巧雅，颜色的鲜明，可是因为手里东西太多，不能再拿，割爱了。等她走后，我不曾还价，赶紧买了一只萝卜，挑在手里回家。第二天一早又挑着那只红萝卜，按着狂跳的心，到她办公室去叩门。她正预备上课，开门看见了我和我的礼物，不觉嫣然地笑了，立刻接了过去，挂在灯上，一面说:“谢谢你，你真是细心。”我红着脸出来，三步两跳跑到课室里，嘴里不自觉地唱着歌，那一整天我颇觉得有些飘飘然之感。

因着补习算术，我和她对面坐的时候很多，我做着算题，她也低头改卷子。在我抬头凝思的时候，往往注意到她的如云的头发，雪白的脖子，很长的低垂的睫毛，和穿在她身上稳称大方的灰布衫，青裙子，心里渐渐生了说不出的敬慕和爱恋。在我偷看她的时候，有时她的眼光正和我的相值，出神的露着润白的牙齿向我一笑，我就要红起脸，低下头，心里乱半天，又喜欢，又难过，自己莫名其妙。

从校长到同学，没有一个愿意听到有人向T女士求婚的消息。校长固不愿意失去一位好同事，我们也不愿意失去一位好教师，同时我们还有一种私意，以为世界上根本就没有一个男子，配做T女士的丈夫，然而向T女士求婚的男子，那时总在十个以上，有的是我们的男教师，有的是校外的人士。我们对于T女士的追求者，一律地取一种讥笑鄙夷的态度。对于男教师们，我们不敢怎么样，只在背地里替他们起上种种的绰号，如“癞哈蟆”“双料癞哈蟆”之类。对于校外的人士，我们的胆子就大一些，看见他们坐在会议室里或是在校门口徘徊，我们总是大声咳嗽，或是从他们背后投些很小的石子，他们回头看时，我们就三五成群地哄哄笑着，昂然走过。

T女士自己对于追求者的态度，总是很庄重很大方。对于讨厌一点的人，就在他们的情书上，打红叉子退了回去。对于不大讨厌的，她也不取积极的态度，仿佛对于婚姻问题不感着兴趣。她很孝，因为没有弟兄，她便和她的父亲守在一起，下课后常常看见她扶着老人，出来散步，白发红颜，相映如画。

在这里，我要供招一件很可笑的事实，虽然在当时并不可笑。那时我们在圣经班里，正读着“所罗门雅歌”，我便模仿雅歌的格调，写了些赞美T女士的句子，在英文练习簿的后面，一页一页地写下叠起。积了有十几篇，既不敢给人看，又不忍毁去。那时我们都用很厚的牛皮纸包书面，我便把这十几篇尊贵的作品，折存在两层书皮之间。有一天被一位同学翻了出来，当众诵读，大家都以为我是对于隔壁女校的女生，发生了恋爱，大家哄笑。我又不便说出实话，只好涨红着脸，赶过去抢来撕掉。从此连雅歌也不敢写了，那年我是十五岁。

我从中学毕业的那一年，T女士也离开了那学校，到别地方做事去了，但我们仍常有见面的机会。每次看见我，她总有勉励安慰的话，也常有些事要我帮忙，如翻译些短篇文字之类，我总是谨慎将事，宁可将大学里功课挪后，不肯耽误她的事情。

她做着很好的事业，很大的事业，至死未结婚。六年以前，以牙疾死于上海，追悼哀殓她的，有几万人。我是在从波士顿到纽约的火车上，得到了这个消息，车窗外飞掠过去的一大片的枫林秋叶，尽消失了艳红的颜色，我忽然流下泪来，这是母亲死后第一次的流泪。

叫我老头子的弟妇

第三个女人，我要写的，本是我的奶娘。刚要下笔，编辑先生忽然来了一封信，特烦我写“我的弟妇”。这当然可以，只是我有三个弟妇，个个都好，叫我写哪一个呢？把每个人都写一点吧，省得她们说我偏心！

我常对我的父亲说：“别人家走的都是儿子的运，我们家走的却是儿媳妇的运，您看您这三位少奶奶，看着叫人心里多么痛快！”父亲一面笑眯眯地看着她们，一面说：“你为什么不也替我找一位痛快的少奶奶来呢？”于是我的弟弟和弟妇们都笑着看我。我说：“我也看不出我是哪点儿不如他们，然而我混了这些年，竟混不着一位太太。”弟弟们就都得意地笑着说：“没有梧桐树，招不了凤凰来。只因你不是一棵梧桐树，所以你得不着一只凤凰！”这也许是事实，我只好忍气吞声地接受了他们的讥诮。

那是廿六年六月，正值三弟新婚后到北平省亲，人口齐全，他提议照一张合家欢的相片，却被我严词拒绝了。我不能看他们得意忘形的样子，更不甘看相片上我自己旁边没有一个女人，这提议就此作罢。时至今日，我颇悔恨，因为不到一个月，芦沟桥事变起，我们都星散了。父亲死去，弟弟们天南地北，“海内风尘诸弟隔，天涯涕泪一身遥”是我常诵的句子，而他们的集合相片，我竟没有一张。

我的二弟妇，原是我的表妹，我的舅舅的女儿，大排行第六，只比我的二弟小一个月。我看着他们长大，真是青梅竹马，两小无猜。在他们的回忆里，有许多甜蜜天真的故事，倘若他们肯把一切事情都告诉我，一定可以写一本很好的小说。我曾向他们提议，他们笑说：“偏不告诉你，什么话到你嘴里，都改了样，我们不能让你编排！”

他们在七八岁上，便由父母之命定了婚；定婚以后，舅母以为未婚男女应当避嫌，他们的踪迹便疏远了。然而我们同舅家隔院而居，早晚出入，总看得见，岁时节序，家宴席上，也不能避免。他们那种忍笑相视的神情，我都看在眼里，我只背地里同二弟取笑，从来不在大人面前提过一句，恐怕舅母又来干涉，太煞风景。

有一年，正是二弟在唐山读书，六妹在天津上学，一个春天的早晨，我忽然接到“男士先生亲启”的一封信，是二弟发的，赶紧拆来一看，里面说："大哥，我想和六妹通信……已经去了三封信，但她未曾复我，请你帮忙疏通一下，感谢不尽。"我笑了，这两个十五岁的孩子，春天来到他们的心里了！我拿着这封信，先去给母亲看，母亲只笑了一笑，没说什么。我知道最重要的关键还是舅母，于是我又去看舅母。寒暄以后，轻闲地提起，说二弟在校有时感到寂寞，难为他小小的年纪，孤身在外，我们都常给他写信，希望舅母和六妹也常和他通信，给他一点安慰和鼓励。舅母迟疑了一下，正要说话，我连忙说："母亲已经同意了。这个年头，不比从前，您若是愿意他们小夫妻将来和好，现在应当让他们多多交换意见，联络感情。他俩都是很懂事有分寸的孩子，一切有我来写包票。"舅母思索了一会儿，笑着叹口气说："这是哪儿来的事！也罢，横竖一切有你做哥哥的负责。"我也不知道我负的是什么责任，但这交涉总算办得成功，我便一面报告了母亲，一面分函他们两个，说："通信吧，一切障碍都扫除了，没事别再来麻烦我！"

他们廿一岁的那年，我从国外回来，二弟已从大学里毕业，做着很好的事，拉得一手的好提琴，身材比我还高，翩翩年少，相形之下，我觉得自己真是老气横秋了。六妹也长大了许多，俨然是一个大姑娘了。在接风的家宴席上，她也和二弟同席，谈笑自如。夜阑人散，父母和我亲热地谈着，说到二弟和六妹的感情，日有进步，虽不像西洋情人之形影相随，在相当的矜持之下，他们是互相体贴，互相勉励；母亲有病的时候，六妹是常在我们家里，和弟弟们一同侍奉汤药，也能替母亲料理一点家事。谈到这里，母亲就说：“真的，你自己的终身大事怎样了？今年腊月是你父亲的六十大寿，我总希望你能带一个媳妇回来，替我做做主人。如今你一点动静都没有，二弟明夏又要出国，三弟四弟还小，我几时才做得上婆婆？”我默然一会儿，笑着说：“这种事情着急不来。您要做个婆婆却容易；二弟尽可于结婚之后再出国。刚才我看见六妹在这里的情形，俨然是个很能干的小主妇，照说廿一岁了也不算小了，这事还得我同舅母去说。”母亲仿佛没有想到似的，回头笑对父亲说：“这倒也是一个办法。”

第二天同二弟提起，他笑着没有异议。过几天同舅母提起，舅母说：“我倒是无所谓，不过六妹还有一年才能毕业大学，你问她自己愿意不愿意。”我笑着去找六妹。她正在廊下织活，看见我走来，便拉一张凳子，让我坐下。我说：“六妹，有一件事和你商量，请你务必帮一下忙。”她睁着大眼看着我。我说：“今年父亲大寿的日子，母亲要一个人帮她作主人，她要我结婚，你说我应当不应当听话？”她高兴得站了起来，“你？结婚？这事当然应当听话。几时结婚？对方是谁？要我帮什么忙？”我笑说：“大前提已经定了，你自己说的，这事当然应当听话。我不知道我在什么时候才可以结婚，因为我还没有对象，我已把这责任推在二弟身上了，我请你帮他的忙。”她猛然明白了过来，红着脸回头就走，嘴里说："你总是爱开玩笑！"我拦住了她，正色说："我不是同你开玩笑，这事母亲舅母和二弟都同意了，只等候你的意见。"她站住了，也严肃了起来，说："二哥明年不是要出国吗？"我说："这事我们也讨论过，正因为他要出国，我又不能常在家，而母亲身边又必须有一个得力的人，所以只好委屈你一下。"她低头思索了一会儿，脸上渐有笑容。我知道这个交涉又办成功了，便说："好了，一切由我去备办，你只预备作新娘子吧！"她啐了一口，跑进屋去。舅母却走了出来，笑说："你这大伯子老没正经——不过只有三四个月的工夫了，我们这些人老了，没有用，一切都拜托你了。"

父亲生日的那天，早晨下了一场大雪，我从西郊赶进城来。当天，他们在欧美同学会举行婚礼，新娘明艳得如同中秋的月！吃完喜酒，闹哄哄地回到家里来，摆上寿筵。拜完寿，前辈客人散了大半，只有二弟一班朋友，一定要闹新房，父母亲不好拦阻，三弟四弟乐得看热闹，大家一哄而进。我有点乏了，自己回东屋去吸烟休息。我那三间屋子是周末养静之所，收拾得相当整齐，一色的藤床竹椅，花架上供养着两盆腊梅，书案上还有水仙，掀起帘来，暖香扑面。我坐了一会儿，翻起书本来看，正神往于万里外旧游之地，猛抬头看钟，已到十二时半，南屋新房里还是人声鼎沸。我走进去一看，原来新房正闹到最热烈的阶段，他们请新娘做的事情，新娘都一一遵从了，而他们还不满意，最后还要求新娘向大家一笑，表示逐客的意思，大家才肯散去。新娘大概是乏了，也许是生气了，只是绷着脸不肯笑，两下里僵着，二弟也不好说什么，只是没主意地笑着四顾。我赶紧找支铅笔，写了个纸条，叫伴娘偷偷地送了过去，上面是："六妹，请你笑一笑，让这群小土匪下了台，我把他们赶到我屋里去！"忙乱中新娘看了纸条，在人丛中向我点头一笑，大家哄笑了起来，认为满意。我就趁势把他们都让到我的书室里。那夜，我的书室是空前的凌乱，这群"小土匪"在那里喝酒、唱歌、吃东西、打纸牌，直到天明。

不到几天，新娘子就喧宾夺主，事无巨细，都接收了过去，母亲高高在上，无为而治，脸上常充满着"做婆婆"的笑容。我每周末从西郊回来，做客似的，受尽了小主妇的招待。她生活在我们中间，仿佛是从开天辟地就在我们家里似的，那种自然，那种合适。第二年夏天，二弟出国，我和三四弟教书的教书，读书的读书，都不能常在左右，只有她是父母亲朝夕的慰安。

十几年过去了，她如今已是五个孩子的母亲，不过对于"大哥"，她还喜欢开点玩笑，例如，她近来不叫我"大哥"，而叫我"老头子"了！

请我自己想法子的弟妇

三弟和我很有点相像，长得相像，性情也相像，我们最谈得来。我在北平西郊某大学教书的时候，他正在那里读书，课余，我们常常同到野外去散步谈心。他对于女人的兴趣，也像我似的，适可而止，很少作进一步的打算。所以直到他大学毕业，出了国，又回来在工厂里做事，还没有一个情人。

六年以前，我第二次出国，道经南京，小驻一星期，三弟天天从隔江工厂里过来陪我游玩。有一个星期日，一位外国朋友自驾汽车，带我们去看大石碑，并在那里野餐。原定是下午四点回来，汽车中途抛了锚，直到六点才进得城门。三弟在车上就非常烦躁不安，到了我的住处，他匆匆地洗了澡，换了一身很漂亮的西装，匆匆地又出去。我那时正忙，也不曾追问。直到第二年的春天，我在巴黎，忽然得他一封信，说:“大哥,告诉你一件事,我已经订了婚。不久要结婚了……记得我们去年逛大石碑的一天吧,就在那夜,我和她初次会面……我们准备六月中旬结婚,婚后就北上。你若是在六月底从西伯利亚回来,我们可在北平车站接你……巴黎如何?有好消息否?好了,北平见!”

我仔细地看了他信中附来的两人合照的相片,匆匆地写了一张卡片,说:“我妒羡你,居然也有了心灵的归宿!巴黎寂寞得很,和北平一样,还是你替我想想法子吧。”我又匆匆地披上大衣,直走到一家大百货商店,买了一套银器,将卡片放在匣里,寄回南京去。

在北平车站上,家人丛中,看见了我的三弟妇,极其亲热地和我握手,仿佛是很熟的朋友,她和我并肩走着。回头看见大家的笑容,三弟尤其高兴,我紧紧地捏着他的手,低声说:“有你的!”

他们先在城里请过了客,便到西郊来休息。我们那座楼上,住的都是单身的男教授,“女宾止步”;我便介绍他们到我的朋友 × 家里去住。× 夫妇到牯岭避暑去了,那房子空着,和我们相隔只一箭之遥。他们天天走过来吃饭,饭后我便送他们到西山去玩。三弟妇常说:“大哥,你和我们一起去吧。”我摇头说:“这些都是我玩腻了的地方,怪热的,我不想去。而且我也不是一个傻子!”三弟就笑说:“别理他,他越老越怪。我们自己走吧!”

逛够了西山，三弟就常常说他肚子不好，拒绝一切的应酬，天晓得他是真病假病——我只好以病人待他，每日三餐，叫厨子烤点面包，煮点稀饭，送了过去。他总是躺在客厅沙发上，听三弟妇弹琴。我没事时也过去坐坐，冷眼看他们两个，倒是合适得很，都很稳静，很纯洁，喜欢谈理想，谈宗教，以为世界上确有绝对的真、善、美。虽然也有新婚时代之爱娇与偎倚，而言谈举止之间，总是庄肃的时候居多，我觉得很喜欢他们。

有一次，三弟妇谈起他们的新家庭，一切的设备，都尽量的用国货，因而谈到北平仁立公司的国货地毯，她认为材料很好，花样也颇精致。那时我有的是钱，便说要去买一两张送给他们。我们定好了日子，一同去挑选。他们先进城去陪父亲，我过一两天再去。我还记得，那是芦沟桥事变之前一天，我一早进城去，到了家里，看见一切乱哄哄的，二弟和二弟妇正帮忙这一对新夫妇收拾行李，小孩子们拉着新娘子的衣服，父亲捧着水烟袋，愁眉不展的。原来正阳门车站站长——是我们的亲戚——早上打电话来，说外面风声不稳，平浦路随时有切断的可能，劝他们两个赶紧走，并且已代定了房间。我愣了一会儿，便说："有机会走还是先走好，你的事情在南京，不便长在北方逗留，明年再来玩吧。"我立刻叫了一部汽车，送他们到车站，我把预备买地毯的一卷钞票，塞在三弟妇的皮包里，看着他们挤上了火车，火车又蠕蠕地离开了车站，心里如同做了一场乱梦。

他们到了南京，在工厂的防空洞里，过了新婚后的几个月。此后又随军撤退，溯江而上，两个人只带一只小皮箱。我送给他们的一套银器，也随首都沦陷了，地毯幸亏未买！而每封他们给我的信，总是很稳定，很满足，很乐观，种种的辛苦和流离，都以诙谐的笔意出之。

友人来信，提到三弟和他的太太在内地的生活，都说看不出三弟妇那么一个娇女儿，竟会那样地劳作。他们在工厂旁边租到一间草房，这一间草房包括了一切的居室。炎暑的天气中，三弟妇在斗室里煮饭洗衣服，汗流如雨，嘴里还能唱歌。大家劝她省点力气，不必唱了，她笑说："多出一点气，可以少出一点汗。"这才是伟大的中华儿女的精神，我向她脱帽！

他们新近得了一个儿子，我写信去道贺，并且说："你们这个孩子应当过继给我，我是长兄！"他们回信说："别妄想了，你要儿子，自己去想法子吧！"他们以为我自己就没有法子了。"好，走着瞧吧！"

使我心疼头痛的弟妇

提到四弟和四弟妇，真使我又心疼，又头痛。这一对孩子给我不少的麻烦，也给我最大的快乐。四弟是我们四个兄弟中最神经质的一个，善怀、多感、急躁、好动。因为他最小，便养得很任性，很娇惯。虽然如此，他对于父母和哥哥的话总是听从的，对我更是无话不说。

我教书的时候，他还是在中学。他喜欢养生物，如金鱼、鸽子、蟋蟀之类，每种必要养满一百零八只，给它们取上梁山泊好汉的绰号。例如，他的两只最好勇斗狠的蟋蟀，养在最讲究的瓦罐里的，便是“豹子头林冲”和“行者武松”。他料到父亲不肯多给他钱买生物的时候，便来跟我要钱，定要磨到我答允了为止。

他的恋爱的对象是H，我们远亲家里的一个小姑娘。他们是同日生的，她只小四弟一岁。那几年我们住在上海，我和三弟四弟，每逢年暑假必回家省亲。H的家也在上海，她的父亲认为北平的中学比上海的好，就托我送她入北平的女子中学，年暑假必结伴同行。我们都喜欢海行，又都不晕船，在船上早晚都在舱面散步、游戏。四弟就在那时同她熟识了起来。我只觉得他们很和气，决不想到别的。

过了半年，四弟忽然沉默起来，说话总带一点忧悒，功课上也不用心。他的教师多半是我的同学，有的便来告诉我说："你们老四近来糊涂得很，莫不是有病吧？"我得到这消息，便特地跑进城去，到他校里，发现他没有去上课，躺在宿舍床上，哼哼唧唧地念《花间集》。问他怎么了，他说是头痛。看他的确是瘦了，又说不出病源。我以为是营养不足，便给他买一点鱼肝油和罐头牛奶之类，叫他按时服用，自己又很忧虑地回来。

不久就是春假了，我约三四弟和H同游玉泉山。我发现四弟和H中间仿佛有点"什么"，笑得那么羞涩，谈话也不自然。例如上台阶的时候，若是我或三弟搀H，她就很客气地道谢；四弟搀她的时候，她必定脸红，有时竟摔开手。坐在泉边吃茶闲谈的时候，我和三弟问起四弟的身体，四弟叹息着说些悲观的话，而且常常偷眼看H。H却红着脸，望着别处，仿佛没有听见似的。这与她平常活泼客气的态度大不相同，我心里就明白了一大半。从玉泉山回来，送H走后，我便细细地盘问四弟，他始而吞吐支吾，继而坦白地承认他在热爱着H，求我帮忙。我正色地对他说："恋爱不是一件游戏，你年纪太小，还不懂得什么叫作恋爱。再说，H是个极高尚极要强的姑娘，你因着爱她，而致荒废学业，不图上进，这真是缘木求鱼，毫无用处！"四弟默然，晚风中我送他回校，路上我们都不大说话。

四弟功课略有进步，而身体却更坏了。我忽然想起叫他停学一年，一来叫他离H远点，可有时间思索；二来他在母亲身旁，可以休息得好。因此便写一封长信报告父母，只说老四身体不大好，送他回去休息一年，一面匆匆地把他送走。

暑假回家去，看他果然壮健了一些。有一天，母亲背地和我说："老四和H仿佛很好，这些日子常常通信。"这却有点出我意外，我总以为他是在单恋着！于是我便把过去一切都对母亲说了，母亲很高兴，说："H是我们亲戚中最好的姑娘，她能看上老四，是老四的福气。"我说："老四也得自己争气才行，否则岂不辱没了人家的姑娘！"母亲怫然说："我们老四也没有什么太不好处！"我也只好笑了一笑。

那时英国利物浦一个海上学校，正招航海学生，父亲可以保送一名，回家来在饭桌上偶然谈起，四弟非常兴奋，便想要去。父亲说："航海课程难得很，工作也极辛苦，去年送去三个学生，有两个跑了回来，我不是舍不得你去，是怕你吃不了苦，中途辍学，丢我的脸。"母亲也没有言语。饭后四弟拉着三弟到我屋里来，要我替他向父亲请求，准他到英国去。我说：“父亲说的很明白，不是舍不得你。我担保替你去说，你也得担保不中途辍学。”四弟很难过地说：“只要你们大家都信任我，同时H也不当我作一个颓废的人，我就有这一股勇气。我和你们本是同父一母生的，我相信我若努力，也决不会太落后！”我看他说得坚决可怜，便和三弟商量，一面在父亲面前替他说项，一面找个机会和H谈话，说：“四弟要出国去了，他年纪小，工作烦难，据说他憋下这一股横劲，为的是你。假如你能爱他，就请予以鼓励，假如你没有爱他的可能，请你明白告诉他，好让他死心离去。”H红着脸没有回答，我也不便追问，只好算了。然而四弟是很高兴，很有勇气地走的，我相信他已得了鼓励了。

爱情真是一件奇怪的东西，四弟到了船上，竟变了一个人，刻苦、耐劳、活泼、勇敢。他的学伴，除了英国人之外，还有北欧的挪威、丹麦等国的孩子，个个都是魁梧剽悍，粗鲁爽直，他在这群玩童中间混了五年，走遍了世界上的海口，历尽了海上的风波。五年之末，他带着满面的风尘，满身的筋骨，满心的喜乐和一张荣誉毕业证书回来。

这几年中，H也入了大学，做了我的学生，见面的机会很多。我常常暗地夸奖四弟的眼光不错，他挑恋爱的对手，也和他平时挑衣食住行的对象一样，那么高贵精致。H是我眼中所看到的最好的小姑娘，稳静大方，温柔活泼，在校里家中，都做了她周围人们爱慕的对象，这一点是母亲认为万分满意的。五年分别之中，她和四弟也有过几次吵架，几次误会，每次出了事故，四弟必立刻飞函给我，托我解围。我也不便十分劝说，常常只取中立严正的态度。情人的吵架是不会长久的，撒过了娇，流过了眼泪，旁人还在着急的时候，他们自己却早已是没事人了。经过了几次风波，我也学了乖，无论情势如何紧张，我总不放在心上。只有一次，H有大半年不回四弟的信，我问他也问不出理由，同时每星期得到四弟的万言书，贴着种种不同的邮票，走遍天涯给我写些人生无味的话，似乎有投海的趋势，那时我倒有点恐慌！

四弟回国来，到北平家里不到一个钟头，就到西郊来找我，在我那里又不到一个钟头，就到女生宿舍去找H，从此这一对小情人，常常在我客厅里谈话。在四弟到上海去就事的前一天，我们三个人从城里坐小汽车回来，刚到城外，汽车抛了锚，在司机下车修理机件之顷，他们忽然一个人拉着我的一只手，告诉我，他们已经订婚了。这似乎是必然的事，然而我当时也有无限的欢悦。

第二年暑假，H毕业于研究院，四弟北上道贺，就在北平结婚。三弟刚从美国回来，正赶上做了伴郎。他们在父亲那里住了几天，就又回到上海去。我同三弟到车站送行，看火车开出多远，他们还在车窗里挥手。出了车站，我们信步行来，进入中原公司小吃部，脱帽坐下，茶房过来，笑问："两位先生要冰淇淋吧？”我似乎觉得很凉快，就说：“来两碗热汤面吧。”吃完了面，我们又到欧美同学会，赴表妹元元订婚的跳舞茶会。在三弟同许多漂亮女郎跳舞的时候，我却走到图书室，拿起一张信纸来，给这一对新夫妇写了一封信，我说：“阿H同四弟，你们走后，老三和我感到无限的寂寞，心里一凉，天气也不热了。我们是地道中国人，在中原小吃部没吃冰淇淋，却吃了两碗热汤面！”

五六年来，他们小巧精致的家，做了我的行宫，南下北上，或是夏天避暑，总在他们那里小驻。白天各人做各人的事，晚上常是点起蜡烛来听无线电音乐。有时他们也在烛影中撒娇打架，向大哥诉苦，更有时在餐馆屋顶花园，介绍些年轻女友，来同大哥认识。这些事也很有趣，在我冷静严肃的生活之中，是个很温柔的变换。

上星期又得他们一封信说：“我们的船全被英国政府征用了，从此不能开着小炮，追击日本的走私船只，如何可惜！但是，老头子，我们也许要调到重庆来，你头痛不头痛？”

我真的头痛了，但这头痛不是急出来的！

我的同学

不知女人在一起的时间，是常谈到男人不是？我们一班朋友在一起的时候，的确常谈着女人而且常常评论到女人的美丑。

我们所引以自恕的，是我们不是提起某个女人，来品头论足；我们是抽象地谈到女人美丑的标准。比如说，我们认为女人的美可分为三种：第一种是乍看是美，越看越不美；第二种是乍看不美，越看越觉出美来；第三种是一看就美，越看越美！

第一种多半是身段窈窕，皮肤洁白的女人。瞥见时似乎很动人，但寒暄过后，坐下一谈，就觉得她眉画得太细，唇涂得太红，声音太粗糙，态度太轻浮。见过几次之后，你简直觉得她言语无味，面目可憎。

第二种往往是装束素朴，面目平凡的女人，乍见时不给人以特别的印象。但在谈过几次话，同办过几次事以后，你会渐渐地觉得她态度大方，办事稳健，雅淡的衣饰，显出她高洁的品位；不施铅华的脸上，常常含着柔静的微笑，这种女人，认识了之后，很不易使人忘掉。

第三种女人，是鸡群中的仙鹤，万绿丛里的一点红光！在万人如海之中，你会毫不迟疑地把她拣拔了出来。事实上，是在不容你迟疑之顷，她自己从人丛中浮跃了出来，打击在你的眼帘上。这种女人，往往是在“修短合度，秾纤适中……芳泽无加，铅华弗御”的躯壳里，投进了一个玲珑高洁的灵魂。她的一言一笑，一举一动，都流露着一种神情，一种风韵，既流丽，又端庄，好像白莲出水，玉立亭亭。

假如有机会多认识她，你也许会发现她态度从容，辩才无碍，言谈之际，意暖神寒。这种女人，你一生至多遇见一两次，也许一次都遇不见！

我也就遇见过一次！

C女士是我在大学时的同学，她比我高两班。我入大学的第一天，在举行开学典礼之前一小时，在大礼堂前的长廊上，瞥见了她。

那时的女同学，都还穿着制服，一色的月白布衫，黑绸裙儿，长蛇般的队伍，总有一二百个。在人群中，那竹布衫子，黑绸裙子，似乎特别地衬托出C女士那夭矫的游龙般的身段。她并没有大声说话，也不曾笑，偶然看见她和近旁的女伴耳语，一低头，一侧面，只觉得她眼睛很大，极黑，横波入鬓，转盼流光。

及至进入礼堂坐下——我们是按着班次坐的，每人有一定的座位——她正坐在我右方前三排的位子上，从从容容略向右倚。我正看一个极其美丽潇洒的侧影：浓黑的鬓发，一个润厚的耳廓，洁白的颈子，美丽的眼角和眉梢。台上讲话的人，偶然有引人发笑之处，总看见她微微地低下头，轻轻地举起左手，那润白的手指，托在腮边，似乎在微笑，又似乎在忍着笑。这印象我极其清楚，也很深。以后的两年中，直到她毕业时为止，在集会的时候，我总在同一座位上，看到这美丽的侧影。

我们虽不同班，而见面的时候很多，如同歌咏队，校刊编辑部，以及什么学会，等等。她是大班的学生，人望又好，在每一团体，总是负着重要的责任。任何集会，只要有C女士在内，人数到的总是齐全，空气也十分融和静穆，男同学们对她固然敬慕，女同学们对她也是极其爱戴，我没有听见一个同学，对她有过不满的批评。

C女士是广东人，却在北方生长，一口清脆的北平官话。在集会中，我总是下级干部，在末座静静地领略她稳静的风度，听取她简洁的谈话。她对女同学固然亲密和气，对男同学也很谦逊大方，她的温和的美，解除了我们莫名其妙的局促和羞涩，我觉得我并不是常常红脸的人，对别的女同学，我从不觉得墒圻[①]。但我看不只我一个人如此，许多口能舌辩的男同学，在C女士面前，也往往说不出话来。她是一轮明丽的太阳，没有人敢向她正视。

我知道有许多大班的男同学，给她写过情书，她不曾答复，也不存芥蒂，我们也不曾听说她在校外有什么爱人。我呢？年少班低，连写情书的思念也不敢有过，但那几年里，心目中总是供养着她。直至现在，梦中若重过学生生活，梦境中还常常有着C女士，她或在打球，或在讲演，一朵火花似的，在我迷离的梦雾中燃烧跳跃。这也许就是老舍先生小说中所谓之“诗意”吧！我算对得起自己的理想，我一辈子只有这么一次“诗意”！

在C女士将要毕业的一年，我同她演过一次戏，在某一幕中，我们两人是主角，这一幕剧我永远忘不了！那是梅德林克[②]的《青鸟》中之一幕。那年是华北旱灾，学校里筹款赈济，其中有一项是演剧募捐，我被选为戏剧股主任。剧本是我选的，我译的，演员也是我请的。我自己担任了小主角，请了C女士担任“光明之神”。上演之夕，到了进入“光明殿”之一幕，我从黑暗里走到她的脚前，抬头一望，在强烈的灯光照射之下，C女士散披着洒满银花的轻纱之衣，扶着银杖。

① 墒圻：局促不安的样子。
② 即诺贝尔文学奖得主，比利时剧作家莫里斯·梅特林克。

经过一番化装，她那对秀眼，更显得光耀深大，双颊绯红，樱唇欲滴。及至我们开始对话，她那银铃似的声音，虽然起始有点颤动，以后却愈来愈清爽，愈嘹亮，我也如同得了灵感似的，精神焕发，直到终剧。我想，那夜如果我是个音乐家，一定会写出一部交响曲，我如果是一个诗人，一定会作出一首长诗。可怜我什么都不是，我只做了半夜光明的乱梦！

等到我自己毕业以后，在美国还遇见她几次，等到我回国在母校教书，听说她已和一位姓L的医生结婚，住在天津。同学们聚在一起，常常互相报告消息，说她的丈夫是个很好的医生，她的儿女也像她那样聪明美丽。

我最后听到她的消息，是在抗战前十天，我刚从欧洲归来，在一位美国老教授家里吃晚饭。他提起一星期以前，他到天津演讲，演讲后的茶会中，有位极漂亮的太太，过来和他握手，他搔着头说："你猜是谁？就是我们美丽的C！我们有八九年没有见面了，真是使人难以相信，她还是和从前一样的好看，一样的年轻……你记得C吧？"我说："我哪能不记得？我游遍了东京、纽约、伦敦、巴黎、罗马、柏林、莫斯科……我还没有遇见过比她还美丽的女人！"

又六年没有消息了，我相信以她的人格和容貌的美丽，她的周围随处都可以变成光明的天国。愿她享受她自己光明中之一切，愿她的丈夫永远是个好丈夫，她的儿女永远是些好的儿女。因为她的丈夫是有福的，她的儿女也是有福的！

VII

有了爱就有了一切

宇宙内的万物，都是无情的。只在世界上有了人——万物之灵的人，才会拿自己的感情，赋予在无情的万物身上，于是便有了悲欢离合，便有了『战争与和平』，便有了『爱和死是永恒的主题』。

笑

雨声渐渐地住了，窗帘后隐隐地透进清光来。推开窗户一看，呀！凉云散了，树叶上的残滴，映着月儿，好似萤光千点，闪闪烁烁地动着——真没想到苦雨孤灯之后，会有这么一幅清美的图画！

凭窗站了一会儿，微微地觉得凉意侵人。转过身来，忽然眼花缭乱，屋子里的别的东西，都隐在光云里；一片幽辉，只浸着墙上画中的安琪儿——这白衣的安琪儿，抱着花儿，扬着翅儿，向着我微微地笑。

"这笑容仿佛在哪儿看见过似的，什么时候，我曾……"我不知不觉地便坐在窗口下想——默默地想。

严闭的心幕，慢慢地拉开了，涌出五年前的一个印象——一条很长的古道。驴脚下的泥，兀自滑滑的。田沟里的水，潺潺地流着。近村的绿树，都笼在湿烟里。弓儿似的新月，挂在树梢。一边走着，似乎道旁有一个孩子，抱着一堆灿白的东西。驴儿过去了，无意中回头一看——他抱着花儿，赤着脚儿，向着我微微地笑。

“这笑容又仿佛是哪儿看见过似的！”我仍是想——默默地想。

又现出一重心幕来，也慢慢地拉开了，涌出十年前的一个印象——茅檐下的雨水，一滴一滴地落到衣上来。土阶边的水泡儿，泛来泛去地乱转。门前的麦垅和葡萄架子，都濯得新黄嫩绿的非常鲜丽——一会儿好容易雨晴了，连忙走下坡儿去。迎头看见月儿从海面上来了，猛然记得有件东西忘下了，站住了，回过头来。这茅屋里的老妇人——她倚着门儿，抱着花儿，向着我微微地笑。

这同样微妙的神情，好似游丝一般，飘飘漾漾地合了拢来，绾在一起。

这时，心下光明澄静，如登仙界，如归故乡。眼前浮现的三个笑容，一时融化在爱的调和里看不分明了。

好梦

自从太平洋舟中，银花世界之夜以后，再不曾见有团圆的月。

中秋之夕，停舟在慰冰湖上，自黄昏直至夜深，只见黑云屯积了来，湖面显得黯沉沉的。

又是三十天了，秋雨连绵，十四十五两夜，都从雨声中度过，我已拼将明月忘了！

今夜晚餐后，她竟来看我，竟然谈到慰冰风景，竟然推窗——窗外树林和草地，如同罩上一层严霜一般。“月儿出来了！”我们喜出意外地，匆匆披上外衣，到湖旁去。

曲曲折折地离开了径道，从露湿的秋草上踏过，轻软无声。斜坡上再下去，湖水已近接足下。她的外衣铺着，我的外衣盖着，我们无言地坐了下去，微微地觉得秋凉。

月儿并不十分清明。四围朦胧之中，山更青了，水更白了。湖波淡淡地如同叠锦。对岸远处一两星灯火闪烁着。湖心隐隐地听见笑语。一只小舟，载着两个人儿，自淡雾中，徐徐泛入林影深处。

回头看她，她也正看着我，月光之下，点漆的双睛，乌云般的头发，脸上堆着东方人柔静的笑。如何的可怜呵！我们只能用着西方人的言语，彼此谈着。

她说着十年前，怎样地每天在朝露还零的时候，抱着一大堆花儿从野地上回家里去——又怎样地赤着脚儿，一大群孩子拉着手，在草地上，和着最柔媚的琴声跳舞。到了酣畅处，自己觉得是个羽衣仙子——又怎样地喜欢做活计。夏日晚风之中，在廊下拈着针儿，心里想着刚看过的书中的言语……这些满含着诗意的话，沁人心脾，只有微笑。

渐渐地深谈了：谈到西方女孩子的活泼和东方女孩子的温柔；谈到哲学，谈到朋友，引起了很长的讨论，“淡交如水”，是我们不约而同的收束。结果圆满，兴味愈深，更爽畅地谈到将来的世界，渐渐侵入现在的国际问题。我看着她，忽然没有了勇气。她也不住地弄着衣缘，言语很吞吐——然而我们竟将许多伤心旧事，半明半晦地说过。“最缺憾的是一时的国际问题的私意！理想的和爱的天国，离我们竟还遥远，然而建立这天国的责任，正在我们……”她低头说着，我轻轻地接了下去，“正在我们最能相互了解的女孩儿身上。”

自此便无声响。刚才的思想太沉重了，这云淡风轻的景物，似乎不能负载。我们都想挣脱出来，却一时再不知说什么好。数十年相关的历史，几万万人相对的感情，今夜竟都推在我们两个身上——惆怅到不可言说！

百步外一片灯光里，欢乐的歌声悠然而起，穿林度水而来——我们都如梦醒，“是西方人欢愉活泼的精神呵！”她含笑地说着，我长吁了一口气！

思想又扩大了，经过了第二度的沉默——只听得湖水微微激荡，风过处橡叶坠地的声音。我不能再说什么话，也不肯再说什么话——她忽然温柔地抚着我的臂说：“最乐的时间，就是和最知心的朋友，同在最美的环境之中，却是彼此静默着没有一句话说！”

月儿愈高，风儿愈凉。衣裳已受了露湿，我们都觉得支持不住——很疲缓地站起，转过湖岸，上了层阶，迎面灿然地立着一座灯火楼台。她邀我到她楼上屋里去，捧过纪念本子来，要我留字。题过姓名，在“快乐思想”的标目之下，我略一沉吟，便提起笔写下去，是：“月光的底下，湖的旁边，和你一同坐着！”

独自归来的路上，瘦影在地——过去的一百二十分钟，憧憬在我的心中，如同做了一场好梦。

宇宙的爱

四年前的今晨，也清早起来在这池旁坐地。

依旧是这青绿的叶，碧澄的水。依旧是水里穿着树影来去的白云。依旧是四年前的我。

这些青绿的叶，可是四年前的那些青绿的叶？水可是四年前的水？云可是四年前的云？——我可是四年前的我？

它们依旧是叶儿，水儿，云儿，也依旧只是四年前的叶儿，水儿，云儿——然而它们却经过了几番宇宙的爱化，从新的生命里欣欣地长着，活活地流着，自由地停留着。

它们依旧是四年前的，只是渗透了宇宙的爱，化出了新的生命——但我可是四年前的我？

四年前的它们，只觉得憨嬉活泼，现在为何换成一片的微妙庄严——但我可是四年前的我?

抬头望月，何如水中看月！一样的天光云影，还添上树枝儿荡漾，圆月儿飘浮和一个独俯清流的我。

白线般的长墙，横拖在青绿的山上。在这浩浩的太空里，阻不了阳光照临，也阻不了风儿来去——只有自然的爱是无限的，何用劳苦工夫，来区分这和爱的世界?

坐对着起伏的山，远立的塔，无边的村落平原，只抱着膝儿凝想。朝阳照到发上了——想着东边隐隐的城围里，有几个没来的孩子，初回家的冰仲，抱病的冰叔和昨天独自睡在树下的小弟弟，怎得他们也在这儿……

病榻呓语

忽然一觉醒来，窗外还是沉黑的，只有一盏高悬的路灯，在远处爆发着无数刺眼的光线！

我的飞扬的心灵，又落进了痛楚的躯壳。

我忽然想起老子的几句话：

吾有大患，及吾有身；及吾无身，吾有何患。

这时我感觉到了躯壳给人类的痛苦。而且人类也有精神上的痛苦：大之如国忧家难，生离死别……小之如伤春悲秋……

宇宙内的万物，都是无情的：日月经天，江河行地，春往秋来，花开花落，都是遵循着大自然的规律。只在世界上有了人——万物之灵的人，才会拿自己的感情，赋予在无情的万物身上！什么“感时花溅泪，恨别鸟惊心”这种句子，古今中外，不知有千千万万。总之，只因有了有思想、有情感的人，便有了悲欢离合，便有了“战争与和平”，便有了“爱和死是永恒的主题”。

我羡慕那些没有人类的星球！

我清醒了。

我从高烧中醒了过来，睁开眼看到了床边守护着我的亲人的宽慰欢喜的笑脸。侧过头来看见了床边桌上摆着许多瓶花：玫瑰、菊花、仙客来、马蹄莲……旁边还堆着许多慰问的信……我又落进了爱和花的世界——这世界上还是有人类才好！

一只小鸟

有一只小鸟，它的巢搭在最高的枝子上，它的毛羽还未曾丰满，不能远飞；每日只在巢里啁啾着，和两只老鸟说着话儿，它们都觉得非常的快乐。

这一天早晨，它醒了。那两只老鸟都觅食去了。它探出头来一望，看见那灿烂的阳光，葱绿的树木，大地上一片的好景致；它的小脑子里忽然充满了新意，抖刷抖刷翎毛，飞到枝子上，放出那赞美"自然"的歌声来。它的声音里满含着清——轻——和——美，唱的时候，好像"自然"也含笑着倾听一般。

树下有许多的小孩子，听见了那歌声，都抬起头来望着——

这小鸟天天出来歌唱，小孩子们也天天来听它，最后他们便想捉住它。

它又出来了！它正要发声，忽然嗤的一声，一个弹子从下面射来，它一翻身从树上跌下去。

斜刺里两只老鸟箭也似的飞来，接住了它，衔上巢去。它的血从树隙里一滴一滴地落到地上来。

从此那歌声便消歇了。

那些孩子想要仰望着它，听它的歌声，却不能了。

画——诗

去年冬季大考的时候，我因为抱病，把《圣经》课遗漏了；第二天我好了，《圣经》课教授安女士，便叫我去补考。

那一天是阴天，虽然不下雪，空气却极其沉闷。我无精打采地夹着一本《圣经》，绕着大院踏着雪，到她住的那座楼上，上了台阶，她已经站在门边，一面含笑着问我“病好了没有”，一面带我到她的书房里去。她坐在摇椅上，我扶着椅背站在炉旁。她接过《圣经》，打开了；略略地问我几节诗篇上的诗句，以后就拿笔自己在本子上写字。我抬起头来——无意中忽然看见了炉台上倚着的一幅画！

一片危峭的石壁，满附着蓬蓬的枯草。壁上攀援着一个牧人，背着脸，右手拿着竿子，左手却伸下去摩抚岩下的一只小羊，他的指尖刚及到小羊的头上。天空里却盘旋着几只饥鹰。画上的天色，也和那天一样，阴沉——黯淡。

看！牧人的衣袖上，挂着荆棘，他是攀崖逾岭地去寻找他的小羊，可怜的小羊！它迷了路，地下是歧途百出，天上有饥鹰紧追着——到了山穷水尽的地步了。牧人来了！并不责备它，却仍旧爱护它。它又悲痛，又惭悔，又喜欢，只温柔羞怯的，仰着头，挨着牧人手边站着，动也不动。

我素来虽然极爱图画，也有一两幅的风景画，曾博得我半天的凝注。然而我对于它们的态度，却好像是它们来娱悦我，来求我的品鉴赏玩；因此从我这里发出来的，也只有赞叹的话语和愉快的感情。

这幅画却不同了！它是暗示我，教训我，安慰我。它不容我说出一句话，只让我静穆沉肃地立在炉台旁边——

我注目不动，心中的感想，好似潮水一般的奔涌。一会儿忽然要下泪，这泪是感激呢？是信仰呢？是得了慰安呢？它不容我说，我也说不出来——

这时安女士唤我一声；我回过头去，眼光正射到她膝上的《圣经》——诗篇——清清楚楚的几行字：

上帝是我的牧者——使我的心里苏醒——

她翻过一页去。我的眼光也移过去——那面又是清清楚楚的几行字：

诸天诉说上帝的荣耀，穹苍传扬他手所创造的……无言无语……声音却流通地极！

那一天的光阴早过去了，那一天的别的印象，也都模糊了。但是这诗情和画意，却是从那时到现在永远没有离开我……

往事·等待

“只是等着，等着，母亲还不回来呵！”

乳母在灯下睁着疲倦下垂的眼睛，说：“莹哥儿！不要尽着问我，你自己上楼去，在阑边望一望，山门内露出两盏红灯时，母亲便快来到了。”

我无疑地开了门出去，黑暗中上了楼——望着，望着，无有消息。

绕过那边阑旁，正对着深黑的大海和闪烁的灯塔。

幼稚的心，也和成人一般，一时的光明朗澈——我深思，我数着灯光明灭的数儿，数到第十八次。我对着未曾想见的命运，自己假定地起了怀疑。

“人生！灯一般的明灭，漂浮在大海之中。”——我起了无知的长太息。

生命之灯燃着了，爱的光从山门边两盏红灯中燃着了！

往事·惭愧

涵在廊上吹箫，我也走了出去。

天上只微微的月光，我撩起垂拂的白纱帐子来，坐在廊上的床边。

我的手触了一件蠕动的东西，细看时是一条很长的蜈蚣。

我连忙用手绢拂到地上去，又唤涵踩死它。

涵放了箫，只默然地看着。

我又说："你还不踩死它！"

他抬起头来，严重而温和的目光，使我退缩。他慢慢地说："姊姊，这也是一个生命呵！"

霎时间，使我有无穷的惭愧和悲感。

忆意娜

年来旅行的机会很多。

旅行有紧张的一面，也更有愉快的一面。看到新奇的地方和事物，当然很有意思，但是我认为最愉快的是：旅行不但使我交了许多新朋友，而已曾相识的朋友，也因为朝夕相处而更加“知心”。

我们大家平时各忙各的，见面的时间很少，聊天的时间更不多。但是我们如果是在一起旅行，行李放好了、坐定了、火车开了、飞机起飞了、送行的人远得看不见了……这一段已经离开了出发点，来到目的地之先的时间，是可以由你自由支配的。假如你不愿意看书，也不肯睡觉，你一定会找同伴说说话，从谈话中，我们不但得到了知识，也发展了友谊。

还有，在国外旅行的时间，我们也往往同陪伴我们的主人，混得很熟。从他们的询问观感，我们的打听风俗习惯起，渐渐地扯到历史、地理、山水、人物……往往会说得很热闹，很投机。

不过在国外旅行，走的新地方很多，会到的新人也不少，行色匆匆之中，时过境迁，印象不深的人面和景物，往往只能留下一个模糊的轮廓，有的连名字都叫不出来了。独有去年春天在意大利遇到的意娜，她是永远和意大利几个红旗飘飘的群众场面，以及水色、山光、塔形、桥影一同在我的脑海中浮现，直到周围一切光影都淡化了以后，她的窈窕的身形，清朗的声音，温柔的目光，还总是活跃地遗留在我的眼底。但是我和她在同住的一个月之中，因为我不懂意大利文，她不懂中国话，我不会说法文，她又不太通英语，我们从来没有直接交换过一句话，更不用说是娓娓清谈了。这不是一件极为遗憾的事情么?

意娜是我们在意大利访问的时候，罗马的中国研究中心派来陪伴我们的一位同志，她秾纤适中、长眉妙目，年纪大约在三十以下，嘴角永远含着甜柔和了解的微笑。她办事干练沉着，从来看不见她忙乱的神情和急躁的脸色。她和我们在一起，就像一阵清风似的——当我们在群众中间周旋谈笑，从不见到她插在中间，而在我们想询问一件事情、解决一个问题的时候，回过头来，她却总近在身边，送来一双微笑的协助的眼光和一双有力的支持的手。

她的一只腿曾受过伤，装了假腿，若不是一位意大利朋友悄悄地告诉我们，我们是决看不出来的。因为她和我们一路同行，登山涉水，上船下车，矫健敏捷得和好人一样，从不显出疲倦和勉强。

在火车中我常常和她对坐，我看着她可爱的面庞，心里总在想，我若能和她直接交谈，我将会如何地高兴。但我们通过翻译，也曾互询一些家庭状况。我替她起了一个中国名字，她很喜欢，请我把意娜（译音）两个字写在她的小本子上，又殷勤地送给我一张她自己的照片。

在我们将要离开意大利的一天，她拉着翻译，坐到我身边来，问我对于意大利的观感，她说："你们这次所访问的多半是大城市，参观的是大学、博物馆和名胜古迹，看到的是上层社会的仕女和她们的家庭，住的是大旅馆……所见所闻都是一片豪华景象，但是你知道我们意大利的劳动人民的实际生活是极其困苦的。"以后她又谈到意大利的穷困人家的儿童是如何不幸。她低声地背诵着几首意大利共产党员作家罗大里的诗，如同"七巧住在阴沟旁的地下室里"。她眼睛凝注着窗外，双唇微颤，背到感人处，眼里竟然闪着泪光。斜阳照在她金黄的头发上，她的温柔的脸上显得那样的静穆而坚强！

我紧紧地握住她的手，我说："意娜，我知道我们所看到的只是极小的一方面……我们中国的儿童，也曾有过这样苦难的过去……我虽然看不懂意大利文，我将永远记住你所背诵的诗。”

去年四月十九日的中午，我们离开意大利的都灵城，结束了我们在意大利的访问。在许许多多送行的人中，我特别舍不得意娜。我们在早几天就不止一次地对她说过：“意娜，我们在旅行的路上，会十分想念你的。”她腼腆地蹙着长眉，微微地一笑，说：“谢谢你们，但是，不要紧的，你们这一路上还会遇见许多的意娜呢。”

但是她的预言并没有实现，在后两个月的旅途上，我们并不曾遇到一个能和意娜相仿佛的旅伴！

“人难再得始为佳”，我们的意娜真是一个“佳人”呵！

忆淑敏

不成问题的病，将一个精神躯壳两不感痛苦的我，闭置在寂然的空谷里。没有呻吟和忧虑，使我稍顾到我自己，整天的光阴，只有消磨在隐几[①]和看山中了。

一百五十天的看山，直看到不成图画。一春的听鸟语，直听到不成音乐。明月清风，都成了家常便饭。淡了世情的人，要逃出世外；而淡到了“世外的情”的人，便当如何？

此时的我，恰如站在洞口，望着黏天的海波，胸怀与这浩荡深阔的海天俱化，迷茫中悦然自惊。自己竟不知这久久的凝神，使心思滤到这般的空虚。是个“人”就当有“人事”。这空虚的心怀，是仙鬼之间的景况！没有一些“人事”来镇压住这飘弱的躯壳，这汪洋的海波，要欣然地卷上来，挟带

① 隐几：靠着几案。

我到青碧万丈的渊底去。

连忙回转，我看见了一层层圆穹的洞府，一圈比一圈小地重叠到无尽。这一圈圈的深刻之痕，回顾处有的使我喜欢，有的使我酸楚……

何其无味？单调的环境，悠闲的白日，使我的心思一天一天地沉潜内敛，除却回忆，没有别的念头，幸而还是欢乐时多，酸楚时少——但我忆起淑敏时却是例外！

中学时代的情绪，如鸟试翼，如花初开，觉得友谊是无上的快乐。淑敏和我，就是那时相识的——虽然我们并不是最好的朋友。

头一次见她，是在音乐教室里，一个同学拉着我到她面前去，一面说："你是瑞的朋友，她也是瑞的朋友，你们是联友呵！"那时我也腼腆，她也忸怩，只含糊说了几句话。

此后花间草场上的散步，自然不止一次，也没有什么很深刻的回忆。只有一回，她有一件规劝我的事，又不肯当面说。拉我出去走走，却塞了一张纸，在我手里。我到课室里展开看，悚然惊感，从此我视她为畏友。这是她的一端隐德，但可怜这事，现在只有抱病的我知道了！

我们并不是晨夕相随的，一切都极其模糊。最清晰的就是去年的事。自中学别后的第五年，我们又在大学里相见。功课不同，在一处的时候自然少了，看友情一天比一天淡的我，也竟不曾匀出工夫去找她。有一次在图书室里，一个同学笑对我说，“我们问淑敏‘你和婉莹怎样了’。她摇头笑道‘罢，罢，我不敢惹她大学生’！”我听后也笑了，只觉得她很稚气——第二天又在图书室里，她在看报，我正找一张纸找不着，我问说：“对不起，淑敏，看见我的一张纸没有？”她抬头笑了，说：“没有。”我说：“你把报纸拿起来，也许压在底下。”她拿起报纸来，果然发现了那张纸。我明知不是她藏起来的，却故意说：“一定是你藏起来的，叫我好找！”——这是我们在大学里，除了招呼匆匆以外的第一次也是最末次的谈话。

因着她说“不敢惹大学生”一句话，我恐我的神情里，含有可使她觉得隔膜的去处。然而时间毕竟如逝水，童心一去不可回，我虽然努力欢笑，情景已不似从前了。默默对坐了一会儿，我心里尽着回想五年前无猜憨稚的光阴。图书室里不许说话，我也不想说话，心中忽忽地充满了热情消失的悲哀！

有一天从男校回到女校来，门前遇见运，我问她到哪里去，她说：“到预王府看淑敏去。”我惊道：“她病了么？——替我问她好。”我想一灾二病是人所常有的，并没有将这事放在心里。

第二天在男校的女生休息室里，一位同学怆然地告诉我说：“淑敏死了！”我忽然起了寒噤，走到窗前，外望天容如墨，我默然……

她的一生，在我眼里的，只是这些事了！

许多同学哭了，我却未曾流下一滴泪。我也不曾去送葬，从同仁医院归来的路上，遇有了许多送葬回来，低头叹息的同学，我也不觉得惭愧；虽然我忍心以挽送她的时间，去察验我自己无病的双眼。

和她只相处一年的同学，还为她作了祭文，仅仅知道她名字的同学，也为她哀悼。然而我不曾为她写一个字！

我坦然，我没有对不起她，我准知道我们的友情有沉挚的再现之一瞥。我知道在她刚刚离世之时，心中忙乱昏忽的我，如有什么文字，文字未必是从我心中写出来的。那文字只是遮掩生者的耳目，并非是对死者的哀慕。

我由着她去，非等到我心中潜藏的旧谊，重新将她推现到我眼前时，我决不想写关于她的一个字。

今天便是那时候了！淑敏是个好女儿，好学生，是我眼中心中的一个很可爱的人。虽然我知道她并不比别人真切，我却晓得她如不死，她的家庭，学校，社会，都要受她很大的影响。她死了，这三方面是倾折了一根石柱——我信我对她不能有更高的赞美了。

近来因着病，常常想到“病”的第二步。我想淑敏在“死”的屏风后，是止水般的不起什么，而她的“死”却贻留她的友人以一瞥间一瞥间的心潮动荡。然而——大家也是如此，这一动荡也如水之波动，是互相传递的……

这是她死后一年，我心中旧谊的第一次再现，我忠实地写下来。青山是寂静，松林是葱绿，阳光没入云里，和她去年的死日一样的阴郁，我信这是追悼她的最适宜最清洁的环境。病余的弱腕，不停地为情绪支使了两点钟。去年的泪，今日才流。假如天上人间的她和我，相知之深，仍如十五六岁的儿童时代，这篇一年后的追思文字，我信她要恳挚的，含泪地接受了！

生命

我不敢说生命是什么，我只能说生命像什么。

生命像向东流的一江春水，它从最高处发源，冰雪是它的前身。它聚集起许多细流，合成一股有力的洪涛，向下奔注，它曲折地穿过了悬崖峭壁，冲倒了层沙积土，挟卷着滚滚的砂石，快乐勇敢地流走，一路上它享乐着它所遭遇的一切——

有时候它遇到巉岩前阻，它愤激地奔腾了起来，怒吼着，回旋着，前波后浪地起伏催逼，直到它涌过了，冲倒了这危崖，它才心平气和地一泻千里。

有时候它经过了细细的平沙，斜阳芳草里，看见了夹岸红艳的桃花，它快乐而又羞怯，静静地流着，低低地吟唱着，轻轻地度过这一段浪漫的行程。

有时候它遇到暴风雨，这激电，这迅雷，使它心魂惊骇，疾风吹卷起它，大雨击打着它，它暂时浑浊了，扰乱了，而雨过天晴，只加给它许多新生的力量。

有时候它遇到了晚霞和新月，向它照耀，向它投影，清冷中带些幽幽的温暖：这时它只想憩息，只想睡眠，而那股前进的力量，仍催逼着它向前走……

终于有一天，它远远地望见了大海。呵！它已到了行程的终结，这大海，让它屏息，使它低头。她多么辽阔，多么伟大！多么光明，又多么黑暗！大海庄严地伸出臂儿来接引它。它一声不响地流入她的怀里。它消融了，归化了，说不上快乐，也没有悲哀！

也许有一天，它再从海上蓬蓬的雨点中升起，飞向西来，再形成一道江流，再冲倒两旁的石壁，再来寻夹岸的桃花。

然而我不敢说来生，也不敢信来生！

生命又像一棵小树，它从地底里聚集起许多生力，在冰雪下欠伸，在早春润湿的泥土中，勇敢快乐地破壳出来。它也许长在平原上，岩石中，城墙里，只要它抬头看见了天，呵，看见了天！它便伸出嫩叶来吸收空气，承受阳光，在雨中吟唱，在风中跳舞。它也许受着大树的荫遮，也许受着大树的覆压，而它青春生长的力量，终使它穿枝拂叶地挣脱了出来，在烈日下挺立抬头！

它过着骄奢的春天，它也许开出满树的繁花，蜂蝶围绕着它飘翔喧闹，小鸟在它枝头欣赏歌唱，它会听见黄莺清吟，杜鹃啼血，也许还听见枭鸟的怪嗥。

它长到最茂盛的中年，它伸展出它如盖的浓荫，来荫庇树下的幽花芳草，它结出累累的果实，来呈现大地无尽的甜美和芳馨。

秋风起了，将它的叶子，由浓绿吹到绯红，秋阳下它再由一番的庄严灿烂，不是开花的骄傲，也不是结果的快乐，而是成功后的宁静的怡悦！

终于有一天，冬天的朔风，把它的黄叶干枝，卷落吹抖，它无力地在空中旋舞，在根下呻吟。大地庄严地伸出手儿来接引它，它一声不响地落在她的怀里。它消融了，归化了，它说不上快乐，也没有悲哀！

也许有一天，它再从地下的果仁中，破裂了出来，又长成一棵小树，再穿过丛莽的严遮，再来听黄莺的歌唱。

然而我不敢说来生，也不敢信来生。

宇宙是一个大生命，我们是宇宙大气中之一息。江流入海，叶落归根，我们是大生命中之一叶，大生命中之一滴。

在宇宙的大生命中，我们是多么卑微，多么渺小，而一滴一叶，也有它自己的使命！

要知道：生命的象征是活动，是生长，一滴一叶的活动生长，合成了整个宇宙的进化运行。

要记住：不是每一道江流都能入海，不流动的便成了死湖；不是每一粒种子都能成树，不生长的便成了空壳！

生命中不是永远快乐，也不是永远痛苦，快乐和痛苦是相生相成的。等于水道要经过不同的两岸，树木要经过常变的四时。

在快乐中我们要感谢生命，在痛苦中我们也要感谢生命。快乐固然兴奋，苦痛又何尝不美丽？我曾读到一个警句，是："愿你生命中有够多的云翳，来造成一个美丽的黄昏"。May there be enough clouds in your life to make a beautiful sunset.